俄苏文学经典译著·长篇小说

高尔基（1868—1936）

原名阿列克赛·马克西莫维奇·彼什科夫，苏联作家。生于木工家庭。当过学徒、码头工、面包师傅等，流浪俄国各地，经历丰富。列宁称他为"无产阶级艺术最杰出的代表"。代表作品有《母亲》《童年》《在人间》《我的大学》等。

杜畏之（1906—1992）

原名屠庆祺，河南省永城县人。在校期间，接受了"五四"运动新思潮的影响，后转向马克思主义。代表译著有《自然辩证法》《战斗的唯物论》《我的大学》等。

萼心

生平不详。

мои

универ

ситеты.

Gorky

俄苏文学经典译著·

长 篇 小 说

Russian

Literature

Classic.

NOVEL

我的大学

[苏]高尔基 著

杜畏之 荸心 译

三联书店

图书在版编目（CIP）数据

我的大学/（苏）高尔基著；杜畏之，萼心译. —北京：生活·读
书·新知三联书店，2018. 11
（俄苏文学经典译著·长篇小说）
ISBN 978 - 7 - 108 - 06406 - 6

Ⅰ. ①我⋯ Ⅱ. ①高⋯②杜⋯ ③萼⋯ Ⅲ. ①长篇小说－苏联
Ⅳ. ①I512. 45

中国版本图书馆 CIP 数据核字（2018）第 222520 号

责任编辑　王　颖
封面设计　钱　祺
责任印制　黄雪明
出版发行　生活·讀書·新知 三联书店
　　　　　（北京市东城区美术馆东街 22 号）
邮　　编　100010
印　　刷　常熟市人民印刷有限公司
排　　版　南京前锦排版服务有限公司
版　　次　2018 年 11 月第 1 版
　　　　　2018 年 11 月第 1 次印刷
开　　本　650 毫米×900 毫米　1/16　印张　11
字　　数　122 千字
定　　价　39. 00 元

俄苏文学经典译著

出版说明

本丛书是对中国左翼作家所译俄苏文学经典一次系统的整理和展现，所辑各书均为名家名译，这不仅是文献和版本意义上的出版，更是对当时红色文化移植的重新激活。

早在1948年生活书店、读书出版社、新知书店合并为生活·读书·新知三联书店前，三家出版社就以引介俄苏经典文学和社会理论图书等为己任。比如1937年生活书店出版托尔斯泰的《安娜·卡列尼娜》，1946年新知书店出版《钢铁是怎样炼成的》。1949年以后，虽然也有出版社对俄苏文学经典进行重译、重编，但难免失去了初始的本色，并且遗失了些许当时出版的有价值的译著；此外，左翼作家的译介因其"著译合一"的特点，在众多译本中，自有其价值；更重要的是，这些文学经典蕴含的对生活的热情、对信仰的坚守、对事业的激情在今天亦鼓动人心，能给每一位真诚活着的人以前行的动力。因此，系统地整理出版左翼作家翻译的俄苏文学经典是必要的。

我们在对书稿进行加工时，主要遵循了以下原则：

一、本丛书为重排本，由繁体字竖排版改为简体字横排版。

二、忠实原作，保持原译语言风格及表现方式；对书中人物及相关译名除必要的规范基本保留。

三、原书注释如旧，编者所出的注释，均以"编者注"标明，以示与原书注释的区别。

四、对原书中各种错讹脱衍之处，直接订正。

五、数字只要统一、规范，基本沿用；对标点符号的用法，尽可能做到规范。

六、在不影响原译意的情况下，对个别表述可能有歧义的字句进行必要斟酌处理。

俄苏文学经典译著

总　序

　　生活·读书·新知三联书店推出"俄苏文学经典译著·长篇小说"丛书，意义重大，令人欣喜。

　　这套丛书撷取了1919至1949年介绍到中国的近50种著名的俄苏文学作品。1919年是中国历史和文化上的一个重要的分水岭，它对于中国俄苏文学译介同样如此，俄苏文学译介自此进入盛期并日益深刻地影响中国。从某种意义上来说，这套丛书的出版既是对"五四"百年的一种独特纪念，也是对中国俄苏文学译介的一个极佳的世纪回眸。

　　丛书收入了普希金、果戈理、屠格涅夫、陀思妥耶夫斯基、托尔斯泰、高尔基、肖洛霍夫、法捷耶夫、奥斯特洛夫斯基、格罗斯曼等著名作家的代表作，深刻反映了俄国社会不同历史时期的面貌，内容精彩纷呈，艺术精湛独到。

　　这些名著的译者名家云集，他们的翻译活动与时代相呼应。20世纪20年代以后，特别是"左联"成立后，中国的革命文学家和进步知识分子成了新文学运动中翻译的主将和领导者，如鲁迅、瞿秋白、耿济之、茅盾、郑振铎等。本丛书的主要译者多为"文学研究会"和"中国左翼作家联盟"的成员，如"左联"成员就有鲁迅、茅盾、沈端先（夏衍）、赵璜（柔石）、丽尼、周立波、周扬、蒋光慈、洪灵菲、姚蓬子、王季愚、杨骚、梅益等；其他译者也均为左翼作家或进步人士，如巴金、曹靖华、罗稷南、高植、陆蠡、李霁野、金人等。这些进步的翻译家不仅是优秀的译者、杰出的作家或学者，同时他们纠正以往译界的不良风气，将翻译事业与中国反帝反封建的斗争结合起来，成为中国新文学运动中的一支重要力量。

这些译者将目光更多地转向了俄苏文学。俄国文学的为社会为人生的主旨得到了同样具有强烈的危机意识和救亡意识，同样将文学看作疗救社会病痛和改造民族灵魂的药方的中国新文学先驱者的认同。茅盾对此这样描述道："我也是和我这一代人同样地被'五四'运动所惊醒了的。我，恐怕也有不少的人像我一样，从魏晋小品、齐梁词赋的梦游世界中，睁圆了眼睛大吃一惊的，是读到了苦苦追求人生意义的19世纪的俄罗斯古典文学。"[1]鲁迅写于1932年的《祝中俄文字之交》一文则高度评价了俄国古典文学和现代苏联文学所取得的成就："15年前，被西欧的所谓文明国人看作未开化的俄国，那文学，在世界文坛上，是胜利的；15年以来，被帝国主义看作恶魔的苏联，那文学，在世界文坛上，是胜利的。这里的所谓'胜利'，是说，以它的内容和技术的杰出，而得到广大的读者，并且给予了读者许多有益的东西。它在中国，也没有出于这例子之外。""那时就知道了俄国文学是我们的导师和朋友。因为从那里面，看见了被压迫者的善良的灵魂，的酸辛，的挣扎，还和40年代的作品一同烧起希望，和60年代的作品一同感到悲哀。""俄国的作品，渐渐地绍介进中国来了，同时也得到了一部分读者的共鸣，只是传布开去。"鲁迅先生的这些见解可以在中国翻译俄苏文学的历程中得到印证。

中国最初的俄国文学作品译介始于1872年，在《中西闻见录》的

---

[1] 茅盾：《契诃夫的时代意义》，载《世界文学》1960年1月号。

创刊号上刊载有丁韪良（美国传教士）译的《俄人寓言》一则。[1] 但是从1872年至1919年将近半个世纪，俄国文学译介的数量甚少，在当时的外国文学译介总量中所占的比重很小。晚清至民国初年，中国的外国文学译介者的目光大都集中在英法等国文学上，直到"五四"时期才更多地移向了"自出新理"（茅盾语）的俄国文学上来。这一点从译介的数量和质量上可以见到。

首先译作数量大增。"五四"时期，俄国文学作品译介在中国"极一时之盛"的局面开始出现。据《中国新文学大系》（史料·索引卷）不完全统计，1919年后的八年（1920年至1927年），中国翻译外国文学作品，印成单行本的（不计综合性的集子和理论译著）有190种，其中俄国为69种（在此期间初版的俄国文学作品实为83种，另有许多重版书），大大超过任何一个国家，占总数近五分之二，译介之集中可见一斑。再纵向比较，1900至1916年，俄国文学单行本初版数年均不到0.9部，1917至1919年为年均1.7部，而此后八年则为年均约十部，虽还不能与其后的年代相比，但已显出大幅度跃升的态势。出版的小说单行本译著有：普希金的《甲必丹之女》（即《上尉的女儿》），陀思妥耶夫斯基的《穷人》《主妇》（即《女房东》），屠格涅夫的《前夜》《父与子》《新时代》（即《处女地》），托尔斯泰的《婀娜小史》（即《安娜·卡列尼娜》）、《现身说法》（即《童年·少年·青年》）、《复活》，柯罗连科的《玛加尔的梦》和《盲乐师》、路卜洵的《灰色马》、阿尔志跋绥夫的《工人绥惠略夫》等。[2] 在许多综合性的集子中，俄国文学的译作也占重要位置，还有更多的作品散布在各种期刊上。

其次翻译质量提高。辛亥革命前后至"五四"高潮前，中国的俄国

---

[1] 可参见笔者在《二十世纪中俄文学关系》（学林出版社，1998；高等教育出版社，2002）中的相关考证。

[2] 这套丛书中收入了这一时期鲁迅译的阿尔志跋绥夫的《工人绥惠略夫》（商务印书馆，1922）和张亚权、耿济之译的柯罗连科的《盲乐师》（商务印书馆，1926）。

文学译介均为转译本，且多为文言。即使一些"名家名译"，如戢翼翚译的普希罄《俄国情史》（即普希金《上尉的女儿》，1903）、马君武译的托尔斯泰的《心狱》（即《复活》，1914）、林纾和陈家麟合译的托尔斯泰的《罗刹因果录》（收八篇短篇，1915）等，也因受当时译风的影响，对原作进行改动或发挥之处颇多，有的译作几近于演述。1919 年以后，译者队伍与译风发生了根本上的变化。一批才气横溢的通俄语的年轻人加入了俄国文学作品翻译的队伍，其中有瞿秋白、耿济之、沈颖、韦素园、曹靖华等。以本套丛书入选译本最多的译者耿济之为例。耿济之早年在俄文专修馆学习，1919 年在《新中国》杂志上发表最初的译作，即托尔斯泰的《真幸福》（即《伊略斯》）和《旅客夜谭》（即《克莱采奏鸣曲》）等作品。20 年代初期，耿济之又有果戈理的《马车》和《疯人日记》、赫尔岑的《鹊贼》、屠格涅夫的《村之月》、奥斯特洛夫斯基的《雷雨》、托尔斯泰的《家庭幸福》和《黑暗之势力》、契诃夫的《侯爵夫人》等重要译作。此后他一发不可收，数十年间译出了大量的俄国文学名著，是中国早期产量最多和态度最严肃的俄国文学译介者。当然，这时期仍有相当一部分翻译家依然利用其他语种的文字在转译俄国文学作品，如鲁迅、周作人、李霁野、郑振铎、赵景深、郭沫若等。这些译者大多学养深厚，译风严谨。鲁迅在 20 年代前期和中期译出了阿尔志跋绥夫的《工人绥惠略夫》《幸福》《医生》和《巴什唐之死》、安德列耶夫的《黯淡的烟霭里》和《书籍》、契诃夫的《连翘》、迦尔洵的《一篇很短的传奇》等不少俄国文学作品。尽管是转译，但翻译的水准受到学界好评。

20 世纪二三十年代，中国文坛开始引进苏俄文学。1931 年 12 月，瞿秋白在给鲁迅的信中谈到：有系统地译介苏联文学名著，"这是中国普罗文学者的重要任务之一"[1]。不少出版社在 20 年代末相继推出

---

[1] 瞿秋白：《论翻译》，见《瞿秋白文集》第 2 卷，人民文学出版社 1954 年版。

"新俄文学"作品专集。最早出现的是由曹靖华辑译、北平未名社1927年出版的《白茶(苏俄独幕剧集)》一书。而后,鲁迅、叶灵凤、曹靖华、蒋光慈、傅东华、冯雪峰和郭沫若等辑译的各种苏联文学作品集相继问世。这一时期,译出了不少活跃于十月革命前后的苏俄著名作家的作品。比较重要的有:拉夫列尼约夫的《第四十一》、革拉特珂夫的《士敏土》、绥拉菲莫维奇的《铁流》、法捷耶夫的《毁灭》、聂维罗夫的《不走正路的安得伦》、雅科夫列夫的《十月》、伊凡诺夫的《铁甲列车Nr.14-6》、富曼诺夫的《夏伯阳》、肖洛霍夫的《静静的顿河》(前两部)和《被开垦的处女地》、奥斯特洛夫斯基的长篇小说《钢铁是怎样炼成的》、诺维科夫-普里波伊的《对马》、马雅可夫斯基的诗集《呐喊》、爱伦堡等人的报告文学集《在特鲁厄尔前线》和阿·托尔斯泰的剧本《丹东之死》等。

这一时期,作品被译得最多的作家是高尔基。最早出现的是宋桂煌从英文转译的《高尔基小说集》(上海民智书局,1928)。这部小说集中载有《二十六个男和一女》和《拆尔卡士》(即《切尔卡什》)等五篇作品。最早出现的单行本是沈端先(即夏衍)从日文转译的高尔基的《母亲》。[1] 30年代中国出版的有关高尔基的文集、选集和各种单行本更多,总数达57种,如鲁迅编的《戈里基文录》、瞿秋白译的《高尔基创作选集》、黄源编译的《高尔基代表作》、周天民等编选的《高尔基选集》(六卷)等。此外问世的还有:鲁迅等译的短篇集《恶魔》和《俄罗斯的童话》、史铁儿(即瞿秋白)译的《不平常的故事》、巴金译的短篇集《草原故事》、丽尼译的《天蓝的生活》、钱谦吾(即阿英)译的《劳动的音乐》、蓬子译的《我的童年》、王季愚译的《在人间》、杜畏之等译的《我的大学》、何素文译的《夏天》、何妨译的《忏悔》、罗稷南译的《四十年间》、赵璜(即柔石)译的《颓废》(即《阿尔达莫诺夫家

[1] 该书1929年由上海大江书铺出版第一部,次年出版第二部。

的事业》)、钟石韦译的《三人》、李谊译的《夜店》(即《底层》)和贺知远译的《太阳的孩子们》等。

进入20世纪40年代,由于苏德战争和太平洋战争的爆发,中国文坛把自己的目光转向了苏联卫国战争文学。1942年在上海创刊(1949年终刊)的《苏联文艺》发表的各类作品的总字数达六百多万字,其中大部分是反映苏联卫国战争的文学作品。此外,仅就单行本而言,各出版社出版或重版的此类书籍的数量有百余种之多。这些作品极大地鼓舞了中国人民反抗外族入侵和黑暗统治的斗志。也许今天的人们已经淡忘了它们,有些作品从艺术上看似乎也有些逊色。但是,其中经受住了历史检验的优秀之作,仍值得我们珍视。这一时期,苏联其他一些文学作品也有译介。值得一提的有:肖洛霍夫的《静静的顿河》(全译本)、叶赛宁、勃洛克和马雅可夫斯基合集的《苏联三大诗人代表作》、阿·托尔斯泰的《苦难的历程》和《彼得大帝》、费定的《城与年》、奥斯特洛夫斯基的《暴风雨所诞生的》、潘诺娃的《旅伴》、克雷莫夫的《油船德宾特号》、波列伏依的《真正的人》、卡达耶夫的《时间呀!前进》、列昂诺夫的《索溪》、冈察尔的《旗手》(第一部)、包戈廷的剧本《带枪的人》《苏联名作家专集》(共五辑)等。其中不少名著在这一时期初次被译成中文。可以说,至20世纪40年代末,苏联重要的主流文学作品译介得已相当全面。

1919年以后的30年间,译介到中国的俄苏文学作品产生了巨大的影响。钱谷融教授曾经生动地描述过抗战时期他随学校迁至四川偏远小城,在那里迷上俄国文学的一些情景。他还表示自己"是喝着俄国文学的乳汁而成长的","俄国文学对我的影响不仅仅是在文学方面,它深入到我的血液和骨髓里,我观照万事万物的眼光识力,乃至我的整个心灵,都与俄国文学对我的陶冶薰育之功不可分。我已不记得最先接触到的俄国文学名著是哪一本了,总之是一接到它就立即把我深深地吸引住了,使我如醉如痴,使我废寝忘食。尽管只要是真正的名著,不管它是英、美的，法国的，德国的，还是其他国家的，都能吸引我，都能使我迷醉。但是论其作品数量之多，吸引我的程度之深，则无论哪一国的文学，都比不上俄国文学"。这样的感受和评价在那一时代的知识分子中并不罕见。

由于社会的、历史的和文学的因素使然，中国知识分子（特别是左翼知识分子）强烈地认同俄苏文化中蕴含着的鲜明的民主意识、人道精神和历史使命感。红色中国对俄苏文化表现出空前的热情，俄罗斯优秀的音乐、绘画、舞蹈和文学作品曾风靡整个中国，深刻地影响了几代中国人精神上的成长。除了俄罗斯本土以外，中国读者和观众对俄苏文化的熟悉程度举世无双。在高举斗争旗帜的年代，这种外来文化不仅培育了人们的理想主义的情怀，而且也给予了我们当时的文化所缺乏的那种生活气息和人情味。因此，尽管中俄（苏）两国之间的国家关系几经曲折，但是俄苏文化的影响力却历久而不衰。

在中国译介俄苏文学的漫漫长途中，除了翻译家们所做出的杰出贡献外，还有无数的出版人为此付出了艰辛的努力，甚至冒了巨大的风险。在俄苏文学经典的译著中，我们常常可以看到商务印书馆、中华书局、开明书店、文化生活出版社等出版社的名字，也常常可以看到三联书店的前身生活书店、读书出版社、新知书店的名字。这套丛书中就有：生活书店 1936 年出版的、由周立波翻译的肖洛霍夫的小说《被开垦的处女地》，生活书店 1936 年出版的、由王季愚翻译的高尔基的小说《在人间》，生活书店 1937 年出版的、由周扬和罗稷南翻译的列夫·托尔斯泰的小说《安娜·卡列尼娜》，新知书店 1937 年出版的、由梅益翻译的普里波伊的小说《对马》，读书出版社 1943 年出版的、由王语今翻译的奥斯特洛夫斯基的小说《从暴风雨里所诞生的》，新知书店 1946 年出版的、由梅益翻译的奥斯特洛夫斯基的小说《钢铁是怎样炼成的》，生活书店 1948 年出版的、由罗稷南翻译的高尔基小说《克里·萨木金的一生：四十年间》。熠熠生辉的名家名译，这是现代出版界在中国文化发展史上写就的不可磨灭的一笔。这套丛书的出版也是三联书店文脉传承的写照。

　　尽管由于时代的发展，文字的变迁，丛书中某些译本的表述方式或者人物译名会与当下有所差异，但是这些出自名家之手的早期译本有着独特的价值。名译与名著的辉映，使经典具有了恒久的魅力。相信如今的读者也能从那些原汁原味的译著中品味名著与译家的风采，汲取有益的养料。

陈建华

2018 年 7 月于沪上西郊夏州花园

高尔基

这样——我就跑进喀山大学读书去了，的确是如此。

进大学读书的念头是个中学生叶孚林诺夫劝诱我的。这是个温柔、雅致而又美貌的少年，带着一副像女人般的媚人的眼睛。他住在个黯黑的楼上，同我共住在一幢房子内。他时常看见我手不释卷，这使他感觉到特别的高兴，于是我们就彼此认识了。以后叶孚林诺夫开始向我说，称我具有"研求科学的天才"。

"造物专为效劳于科学而生你。"他说这句话的时候，美艳地荡漾着那长长的鬈发。

我当时还不知道一些狗屁倒灶的人都可从事于科学，而叶孚林诺夫却这样详细地告诉我："大学正急需像我这样的学子。"呵，很明显的，他惊叹我是米海依尔·罗模诺索夫的影子。叶孚林诺夫说："他要在喀山地方和我同居，就趁秋天和冬天的期间进中学肄业，'随便的'去考试一下。"他说大学"随便"可以给我进学的官费，那么经过五年的光景，我便会成为一个"学者"。这些一切都是很简单的，因为叶孚林诺夫年纪才不过十九岁，而且天生的一副好心肠。

他考试后，便离开此地了。两礼拜以后，我也随后出发了。

外祖母和我送行时这样的规劝我：

"你可不要再对人家发脾气了，你总是喜欢生气，板着冷面无情和傲慢的老人脸孔对人。这是你的祖父遗传给你的。可是，你的祖父又怎样呢！怪可怜的老人儿哟，他活着，活着，最后像个傻子一样的死去了。你——一点须谨记着：不是上帝裁判人类，这都是鬼话！好，别了，唉……"

她从紫色的、瘦弱的腮上，拭去了干枯的泪，接着又说道："我们恐不能再相见了，你跑的不是近路，这远的去了，我呢——也就快死了……"

到最后我还是离开了这挚爱的老人家，而且此后也很难看见她了。这时候我突然地感觉到一种无名的苦闷，就是我将永远不能会见和我这样亲近，这样密切的人了。

我站在船尾遥望着，瞥见她屹立在那石头上，一只手画着十字；另一只手扯着破旧的围巾头儿，拭着自己的面部和那充满了对人类的永爱之光芒的黯淡的眼睛。

我在鞑靼式的废墟内，住在很狭小的一层楼的小房舍里。此屋屹立于小小的山丘上，坐落在一狭隘的、贫苦的街道之尽头：它的一面墙对着个被火焚毁后残留下来的空场，空场中野草横生，乱草丛中长着许多艾草、野菊与马蓼。在这骨木丛生的林中有一所倾塌了的用砖筑成的房子，在这倾塌的破墙下面有个庞大的地窖，有些无家可归之狗在那儿生生死死。这个地窖是很值得我来纪念的，因为它也是我的大学之一。

叶孚林诺夫的家人——他的母亲和两个儿子——靠贫民救济费度日。我一到时马上看日出，这位弱小的、面色苍白的寡妇，当她从市场上回来而将她所买得到的东西放在厨房的桌子上，并且要解决一件困难的任务时，她是带着何等的悲剧的哀戚哟：就把自己不计算在内，这小小一块坏牛肉，怎能够做成足够这三个健康青年饱餐的美肴呢？

她是沉默的，在她的灰色的眼睛中凝结着一匹筋出力尽的劳马之绝望的、驯良的努力，当马拖货车上山的时候，自己晓得拖不上去，然而它还是要拖！

我到后的第三天，一个早晨，那时候正是孩童们还在酣睡的辰光。我在厨房里帮助她洗蔬菜，她用轻微的声调慎重地向我问道：

"您为什么到这里来呢？"

"进大学念书去。"

她的眉头和她的苍黄色的额角同时翘起来了，她的手指被菜刀切伤了，顿时血流不止。她坐在凳子上，可是马上又跳起来，接着说道：

"呵，有鬼……"

用手把受伤的手指裹好以后，她又来夸奖我。

"你很会洗洋芋呀。"

"啊，现在还不会啊！"于是我就告诉她我在轮船上服役的经过。她又问我：

"你以为这样便足够进大学念书了吗？"

当时我还不十分懂得什么是滑稽。我把她所提出的问题看得很严重，我也便将此事进行的程序一一地告诉她，最后科学圣殿之门定会开着让我进去的。

她叹息道：

"唉，尼古拉哟，尼古拉哟……"

他呢，也正在这一刹那间走进厨房来洗脸了。他睡过了，昏昏沉沉的，却还像平常一样的快活。

"妈妈，做点水饺吃多好啊！"

"好吧。"母亲同意了。

我打算在这时候发挥我对于烹饪术的知识，便说道："要做水饺这牛肉太坏了，而且也太少。"

瓦尔瓦拉·依凡诺夫娜便顿时生气了，并且向我说了几句很凶的话，她那凶狠的话头把我的耳朵刺伤了。她蓦然将一札红萝卜丢在桌子上，从厨房里跑出去了。尼古拉向我挤着眼睛，用下面的话同我解释她这样的举动：

"脾气大得很……"

他坐在长凳上向我说："一般来说，女人比起男人要神经过敏些，这是她们的天性。"这个公理是一位有名的学者（似乎是瑞士人）所证实的。关于这点，英人约翰·斯徒尔特·米尔也会多少的说过。

尼古拉很愿意教训我，他利用每个良好的时机，将舍之不能生存的必需的知识灌入我的脑袋中。我很热心听从他的教训，后来我脑中的佛柯、拉罗士·佛柯及拉罗士沙克林都成了一个人。我甚至不能回忆起谁斩了谁的头颅：拉瓦塞斩了鸠齐尔塞，还是反过来鸠齐尔塞斩了拉瓦塞？这荣耀的少年诚恳地希望"使我成人"，这点他是肯定地答应我要这样做去的。可是，他却没有时间以及成就或者其他一切的条件来一心一志地教导我。他那青年人一般的利己心与轻浮的态度，使他不能看到母亲是怎样地费尽能力与心机来掌理家务，他的兄弟——庄重的、沉默寡言的中学生——也会多少的感觉到这一点。而我呢，许久以前我便深悉烹饪的化学和经济学的复杂的圈套了，我已经明晰地看到这个女人之用心，每天要使自己儿女忍饥受饿，还不得不来饲养这面目可憎、态度粗野的失路青年。自然，这时候我所收受的每一小块的面包，都好像压在我的灵魂上的一块石头。于是我开始去找点工做了。清晨我便外出，为着不吃饭，在那恶劣的天气中盘桓于那废墟与地窖里。那儿充积着的，便是死猫和死狗的臭气。在狂风骤雨的喧声中，我马上便明白了：大学是个幻想，到波斯去还要较胜一筹吧。立时我便把自己看作一个须发斑白的魔术家一样，能够使谷子长成每个有一个普特重的苹果和洋芋，很快我便联想到许多对于大地有利的方法，在这大地上过着鬼难的生活者何止我一人呢？

我已经学会幻想一些非常的魔法和伟大的事业了。在窘苦的生涯中，我从这幻想里得了许多帮助，这样的生涯既然很多，我一天天遂越发沉湎在幻想中。我不等待那外来的援助，也不冀望幸运之来临，我身心中的顽强的意志逐渐长大起来了。生活条件越困迫，我觉得自己越是坚定，甚至越发比从前聪慧。我很久以前已经了解到，造就人是他对环境的反抗。

为着肚子不挨饥饿，我跑到伏尔加去了，到了码头上，因为那儿还容易找到每日赚十五至二十个哥比的工作。在那儿的起卸夫、流氓、篾片的队伍中，我觉得自己是一块炼在炽烈的煤炭火焰中的生铁——每天有许多锐利的、难堪的印象来填入我的脑膛，贪婪的人们，生性粗暴的人们，旋风般地旋动在我的眼前。我喜欢他们对现代生活的愤恨态度，喜欢他们对宇宙一切嘲笑的、敌对的态度以及自己本身一无所虑的本色。我过去的一切，拉着我向这些人们走去，引起我沉入这苦辣社会的念头。我会过目的白列特·卡尔特以及无数"街头巷尾"的小说，更唤起了我对这种社会的同情。

以窃盗为职业的巴士金，过去是个师范专门学校的学生，他患着肺病，面容枯槁，会用悦耳动听的言辞来劝慰我：

"你怎样的，为什么好像大姑娘一样，又想风流，又怕失掉了自己的好名声？女人的好名声本是她们的德行，然而对于你，只不过是个羁绊罢了。牛的名声好，但它还要以干草饱腹呢。"

他的棕色的胡子，修得像个戏子一样，他的小小身材之轻巧的动作，活像一个小猫。他来教导我，保佑我，我看他在很诚恳地希望我能多得到成就与幸福。他是个聪明人，他读了不少有价值的书籍，他最喜欢读的便是《孟特·克里斯托伯爵》一书。

"此书自有它的目的和心情。"他这样说。

爱女人，时常很津津有味地谈论她们，是兴高采烈的，这好像是在自己被蹂躏的肉团中所涌现的痉挛症，它使我发生了一种厌弃的感觉。可是他所说的一切我都很注意去聆听，他的说话自有它的精粹地方呢。

"女人，女人！"他将酒喝尽了，黄皱的颊上呈现着粉红色彩，蓝黑的眼睛儿露出一种无穷的愉快，"为着女人，什么我都愿意去做。对待她，犹如对待魔鬼一样，不算是犯罪的！宇宙间再没有比生存在爱海中的生活更好的了！"

他也曾经是个天才的小说家，为妓女们编了许多关于爱情失陷的悲歌。他的歌曲曾风行于伏尔加各城市，就中有一首歌为当时最流行的。这首歌便是：

> 既贫穷我又不漂亮，
>
> 穿着又不像样，
>
> 没有一个人肯娶
>
> 我这个姑娘……

神秘的突尔索夫和我的关系颇密切。他是个外表很好的人，服装修饰得很雅致，柔腻的手指和音乐家没有两样。他在亚特米拉脱村中开设一间小商店，招牌上写着"修理钟表"的字样，而里面却经营着贼赃的买卖。

"你，马克西谟，对于小偷所应备的技能许还未学会吧！"他和我说这些话的时候，一面柔和地抚着自己的胡子，半闭着他的狡猾的和阴险的眼睛，"我看，你所走的是别一条路，你是个有精神的人呢。"

"'精神的'——这是什么意思？"

"呵，其中没有对任何事记恨，只有好奇……"

其实我并不是这样的。我时常妒忌这许多的事情和许多人，尤其是巴士金的说话，更激起了我的妒忌心。他用一种特殊的、吟咏的音韵去作出人意料之外的比喻，用婉转的声调去说话。我记起了他曾说过一件关于爱情方面的韵事：

"一个黯黑的夜里，——如猫头鹰之在树洞里一样，——我住在斯威也斯克城的贫窟中，这时候恰恰是秋天的十月天气，细雨瑟瑟，寒风呼呼，确实令人厌烦的鞑靼歌在唏嘘着，不断地歌着：'噢，噢，噢，呜，呜，呜……'这时候她来了，她的一副伶俐的、蔷薇色的面孔，好像日出时的彩霞那样鲜艳，皎洁的心灵呈现在我们的眼前。'亲爱的，'她用诚恳的声调说着，'你不能责难我反对你。'我知道这都是诳话，可是我相信这是真理！我的理智是非常肯定地知道这一切，而我的心却丝毫不愿相信下去！"

说话的时候，他的身体依着节拍的抑扬在摆动着，他把眼睛闭住了，并且常常用手轻打对着心房的胸部。

他的声音虽然是这样低微，这样蒙昧，可是他的说话是很明晰的，有如雏莺清唱一样。

我要妒忌突尔索夫，——此人特别好谈关于西伯利亚、克瓦、布哈尔等地的琐闻，嘲笑与恶骂教主们的生活。有一次，他秘密地谈及沙皇亚历山大三世的故事：

"这个沙皇也是个能手呢！"

我觉得突尔索夫正是这"贼党"中的一员小卒，在故事要结局的时候——这是读者所预料不到的——他们都会变成一个慷慨的英雄。

有时候，当着夜深人静的时节，他们渡过了喀山小河的彼岸。他们在那儿的茵草上、丛林里狂饮，饱嚼，谈论他们自己所做的事业，并且时常说到许多复杂的生活，人世间荒唐怪诞的关系。关于女人的事情他们谈得特别起劲。谈论到她们的时候，言语间流露出愤怒、悲痛，有时候则悲愤交集的神气。他们差不多时常都抱着这种态度，仿佛已置身于牢狱中，受尽那深沉的意外的痛苦一样。就在这样漆黑的、星光惨淡的夜里，我和他们枕着山涧温暖的泉水之边沿，倚着林木丛生的岩石，同居了两三晚。隐约间，伏尔加河附近的洼地上发出了如金蜘蛛般向各方面闪灿的桥上高挂着的灯光，星火的光圈与火焰普照着山缘下在黑暗中过活的居民——这便是从乌斯郎村庄的酒肆和富人的私邸的窗棂上射出的光芒。汽船继续前进，水花四溅，甲板上水手们叫出豺狼般的哀声。从远地传来一阵打铁的声浪，带着绵绵的悲歌声，——"谁个心灵缓缓地枯萎下去了?"——歌声击着心弦，震荡出哀痛的余音。

这时还听见有人在吱吱的细语，其声沉痛异常，——他们冥想着人间的离奇生活，各人痛说各人的境遇，夹杂之声相互间几乎无法聆听。他们在丛林中坐着或躺着，有时——不是很豪烈地——喝点啤酒，有时往后走，向他们所记得的途径走去。

"咳，有一次我遇见这么一回事。"有个为惨暗的深夜所高压到地层深处的同伴这样说。

同行者都愿意听他讲这个故事：

"曾有这样的事实发生，一切都曾这样去做……"

"过去"，"曾有"，"已经有"——我静听着他翻来覆去地这样说。我想，今晚上便是这些人们到了他们寿命的最末一刻的时候了。唉，一切都已经过去了，什么也不会再来。

这样便将我拖到巴士金及突尔索夫方面去了，可是在我所经历过的一切逻辑说来，如果我要接近他们的时候，他们自然是很悦意和我交好的。开始学习的愿望油然而生——也是使我和他们接近的原因。在饥饿、愤恨与烦闷的时刻中，我觉得自己确实有充分的能力不仅可以担当起反对"私有财产的圣神"的罪名。可是青年的浪漫行动阻止我向此道前进，它截止了我向此途径所应走的道路。这时候，我除了读过古典文人白列特卡尔特以及一些庸俗的小说以外，还读了不少有价值的书籍，——这些书籍唤起我去探讨比我所领略过的还难解，还要深奥的一切的好奇心了。

此时我又诞生了新的认识和新的印象了。在与叶孚林诺夫家并列的一幅荒地，中学生们时常聚集在那边作击球戏，他们当中有一个人是使我非常留意的——他的名字叫作古力·布列特涅夫。漆黑的、带蔚蓝色的头发的他，极肖日本人的风度，面部有细少的黑斑，游戏时他表现出了活泼的、敏捷的神态，谈话时又是个聪明伶俐的人物，卓绝的天才的萌芽已经充满在他的身心中了。他也是和一切天才的俄罗斯人一样，在自然界所给予他的财富下生存，自己并不想怎样去开发、增强这些财富。他喜欢玩弄那声韵悠扬、悦耳动听的音乐，他像个戏子一样去玩弄那琵琶、三弦琴及口琴，可是他却不愿意弹奏那更清雅、更难学的乐器。他的面色非常的苍白，他所穿着的是那褴褛不堪的破衣，可是他的陈旧的、破烂的上衣，百孔千疮的裤子以及穿底的破靴子，正和他的刚强性、肢体蓬勃的转动相吻合呢。他好像一个久经重疾以后刚从病褥中起来散步的人，也好像晚上从狱中放出的囚犯一样——他现在所过的一切都是新颖的、愉快的生活，一切的景象惹起他感觉到无上的快慰——他好比一枝火箭，从地上跳跃起来了。他洞悉我的生活正处在如此的厄运与苦境以后，便建议要我和他同居，并准备去充当乡村学校的教员。这样一来，我便在一间奇异的、热闹的秽屋中——"玛路索夫克"——居住了，住过这个房子的喀山大学生恐怕也不知道有多少人呢。这是一间坐落在雷布诺拉大街的半倾塌了的大房子，似乎是穷困的大学生、卖淫妇以及一些置生涯于度外的怪物所强占了的会堂一样。布列特涅夫在阁楼楼梯下面的走廊上，那儿安放着的便是他的小床，走廊末处靠近窗棂的一角有一张桌、一把椅子，再没有别的物件了。有三个门可以通到走廊去，两个门扉侧边便是妓女们栖身之所，第三扇门的所在地便是一个肺病数学教员所居住的地方。面容憔悴，枯瘦的身体，虽然披着龌龊的破衣，也不能遮盖他身上长着的棕色的、尖锐的长毛。从污衣的破洞处有一线微光，惨淡地照耀着那皱黄的肌肤以及肘下孱弱的骨骼。

说到他吃的东西，大概除了将自己的趾甲啃到流血以充饥而外，便一无所有了。他日以继夜在刻绘着，计算着和不断地发出微弱的咳嗽声。妓女们都很畏惧他，以为他是个理性全无的笨伯，可是她们又怜惜他，把一些面包、茶及白糖放置在他的门前。他从地板上站起来，将这些食物——的收纳起来，他的呻吟正如远涉万里而疲乏的马儿的唏嘘声一样的辛酸。假如她们忘记了或者不能将这些礼物馈赠他的时候，他便将门敞开，向走廊前面发出嘎嘎的喉音：

"面包啊!"

他的沉溺在黯黑地狱里的眼睛，却发射出疯人们觉得自己有无上知识的傲慢之光彩。有个驼背的小残废不时到他那边去闲坐，这个驼背兼跛足的小残废，戴上一副紧夹在塌鼻梁上的眼镜，头发已经斑白了，举止间，黄色的面孔带着狡猾的微笑。他们时常紧紧地

把门关闭好,坐在那里相互静默到数小时之久。只是有一次,在夜阑人静、好梦方酣的深夜里,算学家的暴躁的咕噜声把我惊醒了:

"我要说——这是牢狱!是的,几何学好比一个雀笼!是的,它是个捕鼠器!咳,这是牢狱!"

驼背的小残废便咯咯地大笑,屡次反复地说出一些怪诞的言辞,而数学家突然喝道:

"王八蛋!滚开!"

当着他的宾客走到廊下时,这位数学家便神魂恍惚地屹立在门槛上,用自己的手指轻拂着头上的乱发,喃喃地说道:

"欧克重——你是个蠢材!蠢……蠢材……我要证明给你看,上帝比起希腊人要聪慧得多呢!"

他用力把门关闭了,他的房子几乎被关门的声音所震塌了。

不久我才晓得,这位数学家想以数学为其立脚点,去证明上帝的现实性,可是他在此事业还未成就以前便死去了。

夜间,布列特涅夫在印刷所内充任报纸的校对员,每晚可得工钱十一个哥比。如果我找不到工做的时候,那么我俩每天的用费便是四磅面包,两个哥比的茶叶,三个哥比的白糖。我是没有充分的时光去做工的,因为我还须学习去。我竭尽心血去征服科学中的一切困难,对我压迫特别厉害的莫过于畸形的、顽强的文法格式,当时我简直不能领会到俄文中生动的、难解的、婉转的词句。可是不久我便感觉得非常快慰,因为我已经开始"过早地"学习了,甚至曾去应过招考乡村学校教员的试验,结果因我的年龄不及格而落第。

我和布列特涅夫同睡在一个小床上,我在夜里睡觉,他在白天睡觉。漫漫长夜快要湮没下去的清晨，他睡眼蒙眬地匆匆地跑回来，我立刻便到小酒肆去讨些开水，自然，茶壶我们是不会有的。后来我们便对着窗口坐下，喝茶，吃面包。古力·布列特涅夫便将报载的新闻念给我听。读到杂俎栏所载的快慰的散文诗《红色骨牌》时，他诧异到我为什么对生活持着这样讥讽的态度，我想他对这散文诗的态度，正如他对那阔面的少妇卡尔金娜——一个妇女成衣店的女商人，兼营鸨母的事业——的态度一样呢。

他向这位女房东租得楼下这一小角的地方，可是他却丝毫没有付过"房金"，他所付的"房金"便是快慰的欢笑、口琴的演奏以及悲壮动人的歌声。当着他悲抑地唱歌时，嫣然的微笑便涌现到他的眼前来了。少妇卡尔金娜在年轻的时候也是个歌剧家，所以她懂得诗歌中的旨趣，时常从她那看惯醉汉和善食者的狰狞面貌的眼睛，流出哀艳的泪珠，她用自己的丰满、纤细的手儿，向准他们的颊上掌击，驱逐他们出去，然后用一块龌龊的手帕将手指拭净。

"啊呀，小古力，"她在叹息着，"您原来是个戏子呀！你又是个美丽的少年，我要为你做件好事了！算起来我也不知道替多少青年男子找过女人了，这些人的心情都觉得孤独的生活是枯燥无味的。"

这些青年当中，有一个人也是住在我俩所居住的楼上，也是个大学生——皮匠的儿子，中等的身材，丰满的胸部带着畸形狭隘的小腰，好像三角形下面的锐角一样，而且是个有点破裂了的锐角，——走路恰似女人一样，步伐狭小而缓慢。头部缩进肩骨里面，也是很小的，披着坚硬的、棕色的头发，在那无血色的、苍白的脸上突出一副青绿色的眼睛。

他好比一只丧家之犬，自反抗了他父亲的命令以后，便挨饥抵饿，苦心积累地、将就地在中学校毕业并升入大学肄业去了。可是因为他有一副深远而轻巧的喉音，于是从事学习唱歌的期望便发生了。

卡尔金娜洞悉了这一点，便介绍他与一位四十岁的商妇妍识，这位大商人的妻室的儿子是个肄业于大学三年级的学生，女儿已经在中学校毕业了。她的身体是那样的憔悴、平淡，像军人那样的率直，干枯的隐士般的面孔，庞大的灰色眼睛藏在乌黑的眼皮里面。她穿着一件黑色的素衣，戴上一条丝质的旧式头巾，耳上挂着一副媚人的、深绿色的玉环。

有时候，晚上或者是清晨的时会，她走到她的大学生那边去，我不止一次的眼见着这位女人怎样准确地跳进门内，怎样行色匆匆、大踏步地走上楼去。她的面孔是很可怕的，唇儿紧紧地闭着，简直看不见它的裂缝，眼睛大大的张开，定睛地、忧闷地向前望着，可是，我还以为她是个瞎子呢。虽然不能说她的面貌怎样的丑恶，可是我们瞧见她的时候，便很明显地觉得异常紧张，她那鄙恶的形态要蔓延到她的全身，一直到她那苦闷的、萎缩的脸上。

"看呀，"布列特涅夫这样说，"她真是个傻子！"

大学生很讨厌这位妇人，时常设法躲避她，而她却好像个无人道的债主或暗探一样，到处去搜寻他的踪影。

"我是个怕羞的人呀，"他喝了酒后这样的忏悔着，"为什么我要学习歌唱呢？和这样丑恶的面貌一块儿合作是不能让我登台奏技的，不，绝不能够这样做！"

"将这根绵索一刀两断地截断吧！"布列特涅夫说，"因为我们在晚上听过这位妇人站在扶梯上喃喃地、战栗地在祷告着：'上帝保佑……我可爱的小宝贝啊，上帝祝福你！'"

她是一个大工厂的女厂主，有许多房屋，也有许多马匹，曾经捐过数千金作为产科学院的经费，可是她又好像一个饥寒交迫的人，正渴望着爱情去抚恤她，救济她。

布列特涅夫喝过茶后便躺着睡去了，我也便出外寻找工作去。夜间，当布列特涅夫要到印刷所上工的时候，我才回到家中。假如我能够携带面包、香肠或者煮熟了的牛杂回来时，我两便将所获得的食品平分，他就取去自己那一份跑去了。

我一人独自徘徊于"玛路索夫克"屋中的走廊上与甬道中，想观望那新的、不曾相识的房客怎样去过着他们的生活。屋内四周拥挤异常，恰似一群蚂蚁在旁边蠕蠕地动着。从那边传来的便是一些腥酸的臭气与食物的秽气，墙角四大门烁着浓密的、令人厌恶的尘埃。从清早到深夜不住地响着：缝纫机不断呜呜地蠢动，歌剧队员嘟嘟地练习歌唱，大学生抑扬地诵着诗歌，睡眼惺忪的、半疯的丑角在那儿嚷着急口令，卖淫妇醉后呻吟的狂喊，——我的内心自然而然地发生了一个不能解决的问题：

为什么他们都要这样做去？

在这些饥饿的青年中有个秃头的、腮骨突出的棕色人在那里大摇大摆地呐喊着。他是个大腹便便的胖子，而足部却很轻小，口大，露出像马齿般的细牙，因为牙齿的缘故，便得了个"棕色马"的绰号。他同一些亲戚——听说是西伯利亚的商人——打官司已到三年，逢人便说：

"如果不将他们磨成粉碎，我再不愿活下去了！贫苦无告的人们和我一同到世界各地行乞去吧，忍辱负重地去过三年的乞丐生活，以后我便将我控诉他们的一切攫过来，一切的一切都要还给我，那时候我便问他们：'小鬼们，现在怎样了？这样吗，这样吗？'"

"马，这便是你一生的目的吗？"许多人问他。

"我的全身，我整个的心灵都在为这个目的去干，除此以外便什么也不能做了！"

他整天出没在全郡法庭、议院及自己的律师家中，他时常在晚上用马车连载许多袋子、包裹、瓶子回家，在他那狭小的天井和崎岖地板的污秽的房子内邀请各大学生和裁缝匠来举行盛大的宴会——谁个想饱餐的和多少喝点酒的均可到席。"棕色马"只喝糖酒，桌布上，甚至地板上也留下许多不能拭净的、棕黑色的酒斑。他在酩酊中喊道：

"你们是我所挚爱的小鸽子呦！我爱你们。你们是个忠厚的良民！我呢，是个凶恶的暴徒和鳄鱼，我要绞杀我的戚族，我一定要绞杀去！呦，上帝啊！我再不愿活下去了，如果……"

"棕色马"的眼珠闪着哀怨的微光，难看的、枯瘦的脸孔淹浸在醉人的泪泉中，他用手将颊上的眼泪拭去，然后在膝上把手拭干，他的裤子时常熏染着那斑斑的油垢。

"你们的生活好吗？"他高叫着，"饥寒交迫，衣衫褴褛，难道这是法律所规定的吗？在这样的境遇下能够成就什么伟业出来呢？唉，最好让皇上知道，你们是怎样过活……"

于是他便从口袋里掏出一札各色各样的钞票，向大家说道：

"兄弟们，谁要钱用的就拿去用吧！"

学唱戏的戏子和裁缝匠都极想从他那粗笨的手中把钱抢去，他便哈哈大笑说道：

"是的，这不是给你们的！这是送给大学生们用的呀。"

可是大学生们却没有要他一个钱。

"鬼要你的钱！"皮匠的儿子生气了。

有一次，他喝醉酒后，拿着一捆十元的钞票，把他揉成一个纸团，丢在桌子上并向布列特涅夫说道：

"喏！这是你所需要的吗？我呢——不需要……"

他躺在我们的小床上不断地呻吟着，因为我们将水注射到他的面部，淋在他的身上，以消解他的酒毒。他酣睡了，布列特涅夫想瞧瞧纸包内有多少钞票，可是他没办法翻开——因为扎得太紧了，这需用清水湿润以后，方能一页一页地分开。

在这样乌烟瘴气的、龌龊的室内，窗户对着隔邻巍峨高耸的石壁开着，又狭隘又闭塞，喧扰声浪让人坐立不安。马的嘶喊声愈喊愈响亮。我便问他：

"你为什么偏在这里居住，而不在旅店留宿？"

"亲爱的，这不过为着精神上的快慰罢了！我的心扉热烈地、密切地与您同在一起呢……"

皮匠的儿子便顺口答道：

"对呀，小马！我也和你一样的想法。如果我到别的地方去时，也许要堕入俗世间的深渊中去了……"

小马向布列特涅夫要求：

"奏个歌儿听吧！唱吧……"

古力·布列特涅夫把琵琶靠在膝上，不住地唱着：

"你请出来呀，出来呀，

血红的太阳哟。"

他的歌声是那样的温柔、婉转，深深地透进人们的心灵深处。

室中寂然，他们都在静听那哀艳的声韵与琵琶微微震荡出来的弦音。

"小鬼，唱得好！"这个不幸的商人用这句话来安慰自己。

在这个旧房子内一切怪诞的住客中，古力·布列特涅夫毕竟是个卓越超群的聪明人，他的名字是很值得他们羡仰的，好比神话中行善的怪灵一样。他的精神，充满着少年时代金色眩人的光泽，诙谐百出的、光荣灿烂的火花照耀着他的全生命，娴于歌唱，对人世间的风俗、习惯，频加以尖锐的讽笑，勇敢地诉说出人生的一切虚伪。他的年纪只有二十岁，从外表上看去，他还是血气方刚的青年，可是屋中各人都把他看作成年人一样，在危难的时节可以给他们以有理智的忠告，以及时常能够对他们加以应有的声援。善良的人们酷爱他，小人们敬畏他，甚至那老巡兵尼克科力契也时常报之以奸猾的微笑。

"玛路索夫克"大厦位于上山的"通卫"中，它把雷布诺拉大街和老高尔逊大街连接起来。在后一条街道上，距我们的闸门不远的地方，便是巡兵尼克科力契的安乐窝的所在地。

他是我们住宅的老巡官，他是个大大的、干脆的老年人，胸前佩戴着一个勋章，他有一副伶俐的面孔，和蔼可亲的微笑，狡猾的眼睛。

他对于这间招徕过去的和未来的人客的喧扰的殖民地非常开心，他每天依时到屋中巡逻数次。他缓慢地前行，用动物园管理人视察兽笼的视线在各家的窗口东张西望。这时候正是冬天，在这大屋内的一家住户中逮去了一个单臂的军官谢米诺夫和一个兵士母拉托夫，他俩都是有功的武士，曾参加过斯克伯列夫将军出征阿哈尔·特金的战争。除此以外，还逮捕了梭比宁、奥夫山金、格里哥列夫、克里洛夫，以及企图设立秘密印刷所有关的人们。母拉托夫和谢米诺夫为着要进行此事，便在星期日走到城内保而可大街"克鲁茨尼可夫"印刷所内，将一切排字的铅印抢出来。因为这件案情，他们便就逮了。有一天晚上，一队宪兵跑到"玛路索夫克"大厦，又将一个身材高大、面貌狰狞的住客逮捕了，这便是个我曾经号之曰"摆钟"的住客。早上，古力得悉此事以后，便搔着他的黑发愤懑地向我说：

"这样一来，玛格森姆·高尔基，三十六招，走为上招，老弟，快走吧……"

他指示我应当跑到什么地方去以后，便说道：

"你应当千万小心！那儿许会有暗探俟候着呢……"

这种秘密的叮嘱引起了我的惊奇心，我像个燕子一样飞也似的跑到亚特米拉脱村庄去了。在一个黯黑的铜铁铺中，我瞥见一个有一副奇特的、蔚蓝色的眼睛的美少年，他正在那儿焊着一个饭锅子。但是他却不像是个工人模样。在屋之一隅，靠近车床的地方，有个用皮带绕着头上白发的矮小的老人，他在那儿搬运着、洗擦着水管子。

我便向这个铜匠发问：

"你们这里可以找到工作做吗？"

老头子盛怒地答道：

"我们自然是有工做，而你呢，没有工作给你做！"

青年人睨视了我一眼，又重新低着头做他的锅子去了。我用足尖轻轻地蹴他一下，他惊愕地、愤恨地用他那蔚蓝色的眼睛凝视着我，手持着锅柄，好像要迎面痛击我的样子。可是他后来看见我暗示他的时候，便和蔼地说道：

"走吧，走吧……"

我再次的以目光暗示他，便走出门外，站立于街道上。这个美少年也紧随着走到街上来，他表露着那种静默的神情，吸着纸烟：

"您，是琪汉吗？"

"喏，是的！"

"彼得尔被捕了。"

突然他皱着眉头生起气来，用一对眼睛针对着我。

"彼得尔是个什么人？"

"长长的，好似个助祭。"

"咦？"

"其他没有什么。"

"彼得尔和助祭关我什么事？"铜匠问了，最后他的问题特点是能够说服我：这个不是工人。我跑回家之后，我很自傲的，因为我执行了这个委托。这样我是第一次参加了他们的"秘密"工作。

古力·布列特涅夫曾与他们接近，若是要回答目前我的问题，须要预先说明我周围的事情：

"你，兄弟，年纪还轻呢，你当努力去学习……"

叶孚林诺夫介绍我与一个秘密工作的同志认识，但是介绍这件事预先是要经过很详细的、严格的考察，可是我这个人，他们内部的同志都觉得忠实可靠。第一次叶孚林诺夫领我到城外，那儿是阿尔卡司矿原，我们先是依照道路走去。在路上他告诉我要特别注意，因为这是在野外召集的秘密会议，他说了以后又给我个小小的灰色符号，于是慢慢地一步一步向着那矿原走去。叶孚林诺夫轻声地说：

"那不是他，跟着他后面去！当时他自己站着了，你就跑去，告诉他说：'我来到了。'"

秘密通常是很好玩的，但是此地秘密是有点可笑。晴明的、炎热的白昼，在平原的野外，摇摆的树枝儿正如人们动摇一样，一切的一切都是这样。当时在茔地门边赶上了他。这时候我才瞧见自己前面的青年还是一个小孩子，瘦瘦的面孔。庄严注视的眼睛，圆圆的，好似鸟儿的眼睛样。他穿的是件中学生的灰色大衣，但光亮的纽扣变成黑色了。服装是黑色的，在破烂的帽子上徽章的痕迹也没有了。他一般的表现都是很幼稚的，但是他急切地要表现着自己完全是成熟的人。

我们都坐在坟墓中间，在墙垣边一块丛林里，有人轻声在说话，看去似乎有不高兴我的样子，他于是便郑重地向我发问，问我读了什么书，并且提议要我加入小组内，在小组内好受训练，结果我也同意了。这样我们就散会了，他个人先走，但很注意凝视那沙漠平原之上。

在小组内当时还进来三四个青年，我是个年纪最轻的，还不能去研究却尔力舍夫斯基注解过的亚当斯密的著作。我们在师范专门学校的一个学生莫洛夫斯基的寄宿舍内召集小组会议，后来他用叶朗斯基的假名之下写了许多小说，将写完第五部书的时候，以自杀完结了自己的生命，我所遇到的人，几多人是自愿地离开生命啊！

这人沉默寡言，说话特别慎重，思想怯弱，为着"精神上和肉体上的均衡"，他住在一个污秽的地窖内做木匠工。同他在一起是枯燥无味得很。读司密特的书不能激动我，因为我很快地认识了经济学的基础，并且我已直接的领会它们。它们曾经刻在我的皮肤上，那么再来就是用些困难的语言写一厚本书也没有什么价值。对于这个问题，凡是消耗自己的气力为着"他人的伯伯"之利益与安乐的人都明白。用了很大的忍耐心才使我在地窖内坐了两三个钟头，饱尝了一顿臭味，瞧瞧四周，有许多甲壳虫沿着那龌龊的墙壁爬着。

在现定的时间内，有一次指导员迟到了，我们想着，以为他今天不会来上课了，于是开了一个小小的宴会，买了一瓶白酒，黄瓜，面包。忽然，从窗户外有个细小的灰色的我们指导员的腿很快地过去了，我们将桌子上的酒瓶收起来放在桌的底下，还未放好，他已现出在我们的中间了，开始来解释却尔力舍夫斯基的结论了。我们统统坐着没有动一下，好似木偶人样，都怕我们中间将有谁的脚撞倒酒瓶子。不知怎么的，指导员的脚碰到了它，并将它碰倒了，还向桌子底下瞧了一下，却也没有说话，可是比他凶狠地骂出来还厉害呢！

沉闷，他那庄严的面孔，和那眯缝的凌辱人的眼睛，凶狠地向着我。我们同志的含羞的脸上都成了紫色。虽然这次买酒不是出于我的动议，可是我自己深深地感觉到我对指导员是个罪人。

在这里学习是很枯燥的，想跑到鞑靼尔村庄去，那儿似乎有什么特别的纯粹肉体的生活。如蜜般的慈善的人类，他们说的混杂不全的俄国话，一到夜间就在回教院那高高的塔顶上奇声怪气地叫喊着。我想着，鞑靼人的生活完全是另外一种。我不大熟悉这种生活，他与我所熟知的而又是我所不喜欢的生活不同。

瓦尔卡那种劳动生活的音乐在诱引我，想起这种音乐来，我的心到现在还有些快慰。我还清清楚楚地记得有一天，那时我第一次感觉到英雄的劳动诗章。

是在喀山城下，一只大木板船满载着波斯的商品，船的底板完全碰破了，所以就停在石滩上了。运输工会叫我到木板船上去搬货。当时是九月间，吹着呼呼的北风，汹涌的波涛在灰色的河床内跳跃。风，又把那一层一层的浪头打破，冷的雨水也落到河内来。工会当中，工人也有半百，都散布在空的板船上，身上裹的席子和船上防风雨的帆布。一只小小的火轮船将板船拖着，烟突内吐出的火烟，散在雨中，好似一团红的火星。

天晚了。铅色的、寒冷的天空，黑暗笼罩在河上。运夫们叫喊着和咒骂着，诅咒着雨风与生活，懒懒地在船板上爬着，想避开这寒冷和湿气。我想，这些迷梦中人是不能做工的，也难救起这沉沦的重载。

夜半，船航行到一个转载的码头，把这空的板船与那石壁下停泊的船相互联系着。运夫头儿是个有毒性的老头子，是个面上有疤的狡猾人，会骂人，眼睛和鼻子同鹰样，秃秃的头盖骨取下来像湿的火药葫芦，叫喊起来声音又高又大，好似村妇样："祈祷吧，伙计们。"

在船面上是黑暗的，运夫们乱七八糟的成个黑团在那儿叫喊，如狗熊似的，而运夫头儿，他的祈祷比任何人也先完，叫喊着：

"提灯呢，喂，孩子们，干活吧！老老实实地干，孩子们！上帝在上，开始工作吧！"

沉闷的、懒懒的、湿透了的人们开始"干活"了。他们真正在斗争，从船面上打到船舱内，叫喊咆哮，奇妙瞎谈。轻松的鸭毛枕头、米袋、包裹、刀子、小羊皮衣，在我的四周飞舞着，各个人相互抱着撕打、谩骂，高短不齐的形影跑着。刚刚那些恶毒地埋怨生活、风雨与寒冷的人，忧愁而凶暴的人，现在做起工来，居然快活、轻松而且能干，这是很难使人置信的。

雨是愈浓密了，空气愈寒冷了，风也发狂了，把衬衣拉破，缠在头上，肚子露出来。在那水淋的黑暗中，在那六支提灯的微光之下，跳动着愚暗的人们，脚板重重地在船上顿着。这样工作着，好像久已渴想劳动一样，要用手去传递四普特重的袋子，肩头上要背起包裹跑才能满足。工作成为一种游戏，居然有儿童一样的乐趣，狂醉般地去干，只有和女人拥抱的快活能超过他。

桶子底下是个浓厚胡须的人。路是湿的，并且泞滑得很，应该是这货物的主人或者是他所信托的，忽然叫喊起来："兄弟们，桶子放在此地！小强盗们，去两个！干吧！"

忽然有几个人的声音，从那黑暗地方传出来：

"三桶。"

"去三个人！干吧！知道吗？"

这时，旋风的工作却更加紧起来了。

我也握着袋子，拖着，摔着，不断地跑着，搬着，好像我自己以及一切都兜着圈子在狂风暴雨中跳舞着。这些人能够这样奇怪快乐地工作而不知道疲乏，整年整月的也不赦免自己。他们能够把这城市的钟和塔顶，由此地拖到另一个地方去。

我这夜的生活是愉快的。没有试想过，在这似蠢似痴的快乐工作中，一切生命精神都是生动的、有光辉的。狂涛不断地向板船攻击，如注的雨不断地打着船面，烈风也在河面上呼呼地叫喊。半裸的人在狂风暴雨中不断地跑着，叫喊着，也微笑着，对于自己的力量、自己的劳动也有点怜爱。那时，风忽然撕破了乌云，从天空之碧蓝的、清朗的裂缝中吐出了微带玫瑰色的阳光，这些快活的野兽都以友爱的怒吼，并摇着可爱的头上的湿了的毛来欢迎他。他也想拥抱而且吻这些两条腿的野兽，他们在工作中是如此的聪明而灵巧，而且这样忘怀地喜欢做工。

这种乐天的所向无敌的力，它在地球上创造不可思议的神迹，能够一夜把地球变成美丽的城市和宫廷，这个与语言小说上所说的相同。阳光对于这些劳动的人照顾了两分钟，再也抵不住乌云的压力了，于是又沉在那里，好像婴儿沉在海中一样，雨水又倾泻下来了。

"安息日！"谁在这里叫喊着，但回声是很猛烈的。

"我这样安息！"

到了下午两点钟，一切的货物还没有搬完，半裸体的人们一直劳动着还没有得着休息，而这狂风暴雨之下，使我好好地去思解，人类地球所含有的魔力是何等的丰富。

以后转到火轮船上，当时大家都睡了，好似醉人一样。船到了喀山，我们像污泥之流一样涌上了河岸，跑进饭店喝了两三樽烧酒。

那里我又遇着小偷儿巴士金，他瞧瞧我，问道：

"你怎么回事?"

我很快活地将我的工作告诉他,他也很注意地听我的说话。他叹了一口气,轻蔑地说:"蠢东西,还不如个蠢东西,去吧!"

吹奏着口哨,横着身体,好像鱼一样,他在许多的人群中游泳着。在他们后面有运夫们宴会的声音,在那屋角里,有谁在低低地吟着无聊的歌:

"哎哈,道是夜晚间的小事体。

娘们都出门,小花园中来等安逸!"

用手掌拍着桌子,还有许多如吼一般的声音几乎震破了耳鼓:

"卫兵把城来保卫,

看见娘们晔那里。"

狂笑,奏着口哨并且大声地说话,这是一种绝望的兽欲,地球上再也找不到更甚于此的例子了。

不记得是谁介绍我与一个小杂货店的主人——安得来·纪林可夫认识了。他的店子是很矮小的,躲藏在冷静的窄狭的街尾上,靠近垃圾堆和污水池的旁边。

纪林可夫是个枯瘦的人,他有张慈善的面孔和聪明的眼睛,胡须也特别光亮美丽。

他藏有许多禁止了的、罕有的书籍,但是这种书籍是喀山城内各个大学的学生和有革命情绪的人所欢迎的。

纪林可夫的小店子是在一间矮小的房内,对面是家钱庄兑换店,由这小店的大门直到柜台是一间很大的房间,房内有淡淡的阳光从窗户上透射过来。在这房间的后面接连就是一间厨房,在这厨房西还有间黑暗的空屋,靠近墙壁的一角,有一间堆放废物的小室，纪林可夫在这小室内设有秘密的图书馆。

图书馆有一部分书籍是：

拉夫罗夫的《历史书简》，却尔力舍夫斯基的《做什么?》，比沙列夫的几篇论文：《饥饿之王》《巧妙的机关》。这些书籍是用粗厚的练习本和钢笔抄写的，虽然是抄写的，而却被读者们揉皱了。

当我第一次到纪林可夫的小店门首的时候，他正在与顾主们谈生意，他瞧见我之后，立刻招呼我到他家中去。我恰恰进大门，就被我看见那黑暗的小室内，有一个矮小的老人跪在地上虔诚祷告，他跪的姿势似沙诺夫斯基的肖像一样。我当时有种矛盾的感想，于是特别注意的向这老人瞧了一眼。

许多人告诉我纪林可夫的事情，好像说是个俄国的"民粹派"一样。

在我的臆想中，"民粹派"是些革命家，革命家当然不需要信崇上帝，这个信奉上帝的老人在这间房子内对我表示着好似是多余的。[1]

他做完了祷告以后，很精细地用手抚摸着自己头上的白发和胡须，并望着我说：

"我是安德烈的父亲。你是谁？呵，怎么的？我以为你是化装的大学生。"

"为什么大学生要化装呢？"我这样的问着他。

---

[1] 译者注：拉夫罗夫、却尔力舍夫斯基、比沙列夫都是"民粹派"的著名的理论家和领袖。"民粹派"是俄国十九世纪后半期的革命党，主张当时的俄国不需要经过资本主义的发展阶段，只要经过农村公社就可以走到社会主义。

"是的，"他低声地回答我的话，"为什么不要化装呢？否则上帝是知道的啊！"

他说完了话以后，就走到厨房去了，我靠近窗户望着，正沉默的时候，忽然有人大声地说着：

"这就是他！"

一个着白衣的少女，靠近厨房门边的柱子站着，他的发光的头发剪得短短的，深蓝色的眼睛，在苍白浮肿的脸上含着微笑。她很像粗俗的神话中所描写的天使一样。

"怎样会使你这样的惊愕？难道我是一个这样可怕的人吗？"她低声地战栗地说着，又慢慢地向我走来。她靠着墙走着，似乎不是在坚硬的地板上走路，摇摇摆摆好像在空中软索上走路样，这样的不会走路，好比她是生存在另外一个世界内的。她全身颤动着，好像有许多的针在锥刺她的脚趾，墙上有火燃灼着她的浮肿的手一样，她的手指也奇怪得特别不发育。

我沉默地站立在她的前面，感觉对她非常的怜惜和不安，同时又感觉到在这个黑暗的房间内，一切的一切都是很奇怪的。

当她坐下的时候，是非常的慎重的，好像怕凳子从她身边飞走了。这样的小心的人除了她以外，谁也不会这样做的。

她向我叙述她开始走动还是只有五天，在这个时期以前，在床上差不多躺了三个月，手脚完全是麻木的。

"这是一种神经病。"她微笑地说。

我很同情她所处的环境。她向我说她是否可能得着别的，除了神经病而外，在这个奇怪的房间内，她患了神经病是很简单的。一切的东西都是乱糟的紧压的堆了一屋，在屋角的神像前面，燃着一盏特别光亮的神灯，食桌上的白台布好像被黄铜色的连环阴影笼罩着。

"很多人向我说及你，我也很愿意会一会你，是个什么样儿的人。"我听见她儿童般地小声说。

她凝视我用一种难忍的眼光，在她的蓝眼睛内可以看出来。

同这样一个少女在一块儿，我竟不能够——不会——说话了。我沉默地仰视着那墙上挂着的达尔文、格尔逊、格列波的照片。

从柜台内跳出一个同我年纪差不多的青年，白白的眉毛，生成的一副傲慢的眼睛，他跑进厨房内，用他那哑的喉咙喊着：

"你为什么爬起来，玛丽亚?"

"这是我的弟弟——安列克西，"她说，"我在产科学校内读书，是的，这样就害起病来了。为什么你沉默不言呢? 你害羞吗?"

纪林可夫从外面走进来，伸出他自己的枯燥的手，轻轻地抚摸他妹子的柔软如绵的头发，把她的头发弄好了才开始问我："你在找什么工作?"

接着有个身材很好的、红色鬓发的少女走了进来，眼睛是浅绿色的，她严肃地向我看了一眼，就拉着白面孔女郎的手，说着向外面走去："够了，玛丽亚!"

这位少女的名字我不知道，以为当面问她的名字是件没有礼貌的事。

当时我也就回去了，沿途感觉到非常的不安。第二天的夜晚，我又在这个屋内坐下来了，我很愿意知道他们怎样在这个屋内生活着，他们的生活是很奇妙的!

可爱的矮小老人——司吉宝·伊万诺维奇[1]。脸上苍白而又发光，坐在屋角的凳子上，眼睛凝视着外面，紫黑色的嘴唇微微地动着，脸上现出一种严肃的微笑，好像向人们请求说：

"请不要扰乱我吧！"

他那惊慌的表情好像兔子一样——昏乱地预觉着将来的不幸——他这种恐慌我是很了解的。

枯瘦的安德来·纪林可夫穿件灰色的短外衣，在这外衣的胸前完全被牛油和面粉浸渍得如树皮一样的硬，含着苦笑正在房内踱来踱去，这种苦笑如同顽童被狎恶的游戏所宽恕了一样。帮助他料理生意的，是他的弟弟安列克西——是个懒惰的、粗莽的少年。他的第三个小弟弟——伊万，在师范学校内读书，在学校内寄宿，只在星期日或者是休假日他才回来。他是个身体矮小、服装洁净、头发梳得很光滑，像旧式官吏一样的人。患病的玛利亚是住在角楼上的，很少下楼来。当她来到我的前面，我立刻感觉到自己的局促好像无形中有条锁链把我束缚起来似的。纪林可夫的家务是他的老婆料理的，她是一个又高又瘦的妇人，一副木偶式的面孔，险恶如教徒般严酷的眼睛。她的女儿纳司卡从外面走进来，红头发，当她用一双绿眼睛看男性的时候，她的尖鼻头的鼻孔好像完全颤动着一样。

但是在纪林可夫家内，实际的主人要算是大学的、神学院的、兽医专门学校的学生们。学生们集会是喧嚷、嘈杂不堪的，他们的日常生活都是很关心俄罗斯的人民，在不断惊扰中讨论未来的俄罗

---

[1] 译者注：纪林可夫的父亲。

斯。他们常摘录书上的结论，报纸上的论文，和收集在喀山城市内以及各大学内日常生活所发生的一切事件。一到了夜晚，都是不约而同地来到纪林可夫小店屋角内，愤激地争论和低声耳语地讨论这些事件。

他们每人都携来很多很厚的书，用手指将书一页一页地揭过，相互的叫喊着，为的是决定各个人所争持的、所喜欢的真理。

自然，这种争论我是不多了解的，干脆地说，真理我是对于它莫名其妙的。我了解它，就好像穷人的菜汤内的滋养料一样的稀少。有几个学生使我想起邪教的伏尔加河上的爱读书的老人，我很明白我眼见着他们，虽然预备改良生活，虽然他们的诚意被融会在言词的急流中，但是还绝不会因此而沉没的。

同样，他们企图想解决许多任务，这些任务我也明白，同时我感觉到自己是很希望他们能胜利的解决这些任务。时常感觉到，我很多未说出的意见在学生们当中争辩的时候表现出来了。我是很愿意同他们接近的，正如囚犯愿意自由一样。

他们把我看成好像木匠手中的一块木材，这块木材将要做一件非寻常的东西。

"天生的！"他们把我彼此介绍一下，用一种骄傲的态度，好像一个小孩在街上走路，拾着一个当五哥比的铜板去向另外一个小孩显示出自己的骄傲态度一样。我最不愿意人们这样的称呼我："天生的"，或者是"人民的儿子"。我立刻就感觉到自己的生活落后和智力的发育不充分。在这个时候，我记起了在一家书店的玻璃窗内看见一本书，标题不大清楚——《格言和定理》。我很想看看这本书的内容，于是就向一个神学院的学生借了这本书。

"你吗？"这个未来的大主教讽刺地叫了起来。他的头部是恰像一个黑人，卷缩的头发，厚的嘴唇，长的牙齿。"老哥！这是瞎闹。给你什么，你读什么，你用不着的地方，不要跳进去。"

这是本很重要的书，被我把它买来了，直到现在我还好好地保存着呢。

一般的书籍我都是很注意读的。当我读到《社会科学初步》的时候，我以为这本书的作者把游牧民族在文明生活组织内的作用太夸大了，而把流荡营生者及猎人的作用看得太小了。我于是将这种怀疑告诉一个语言学家，他努力地发挥了他自己的理论和见解，整整的向我说了一个钟头关于"评论的自由"。

"为着评论自由，必须信仰一种真理。你信仰什么？"他这样的问我。

他是一个在街上走路都要看书的人，将头埋在书内，就碰倒了行路的人，他也不管的，回到家内就俯伏在他自己的角楼上，好似患了饥饿、中风症样地叫喊狂呼：

"道德必须是自由的成分和强力合成的、调和的混合体，调和的……调……调和……"

他是个温和的、经常挨饿和半患病的人。因他固执地、坚决地追求真理，以致他非常的疲劳。他除了看书而外，任何快乐他也不懂得。当他感觉到两个对立的智力矛盾相调和的时候，他的一双可爱的、黑色的眼睛，好似小孩般幸福地微笑着。离开了喀山城十年以后，我在哈尔可夫城又会见了他。他会被放逐在卡米城五年，放逐期限满了以后，又到大学内来读书。当时他向我表示着：他好像两群蚂蚁，经常过着斗争的生活。他努力地想将尼采的哲学和马克思哲学相调和，以致得肺结核，吐血，甚至于喉咙也嘶了。他用一双冰冷的手握着我的手说：

"没有综合是不能生活的啊！"

后来他就死在那往学校去的电车上了。这样为真理殉命的人，我眼见到的也不知有多少了，我对他们的回忆是神圣的。

将近有二十个学生在纪林可夫家内集会，在他们中间甚至还有日本人Dato——他是神学院的学生。后来又进来了一个高大、宽胸的人，浓厚的胡须，头发梳的是鞭靼式的，穿一件纽扣直到胸口的短外衣。他与一般进来的人一样，在屋角的凳子上坐着，安静地用读书的灰色眼睛注视四周一切。有时将注意力射在我的面上，我立刻就感觉到这个庄严的人，在那边用脑力在评判我，怕我对他有什么危险。他在沉默地注视我，可是在我们周围，说话的声音非常之高，他们把重要语句特别的说得高，说得严厉，这种声调我很欢喜去听。不过在这个声浪内面隐藏了一种怜悯和虚伪的意思，我很久都猜不着那个浓厚胡须的勇士，我不知道他在默想些什么。

他的名字叫"乌克兰人"。听说他的姓除了纪林可夫知道而外，谁也不知道。但是我很快的知道了他的一切，他在不久以前从流放地方回来的，被流放在伊古斯基整整有十年。这一点特别使我对他增加了兴趣，但是又不知怎么没有这样的勇气来推动我，使我与他相认识。这却不是我怯弱、无勇气不去找他，恰恰相反的，我是被扰乱的好奇心，渴望与他相接谈。这种扰乱不安的情绪，阻碍我在生活中不能完成任何一件重要的事情。

当他们讨论人民的时候，我对于自己都有种惊奇和不相信的感觉。他们认识的人民是聪慧、齐全、纯洁和诚实的，他们的生活差不多是一致的、美满的、高尚的、公正的，这样的民众我还没有看见过呢。我所看见的，只是木匠、码头工人与石匠，我所知道的是雅考夫、阿西与格利高利。他们所说一致的人民，完全将人民抬到自己上面，他们都以人民的意志为依归。我以为只有这些人是聪慧、齐全、有思想力的人，在他们中间正集中着和燃灼着一种仁爱的意志向着新的生活，向着建筑自由生活中的一种仁爱的、敢为的赞美歌。

我在过去所接触的一切人中，从来没有观察到"仁爱"这两个字，而此时，"仁爱"两个字却终日挂在口边，见于每一段议论里。

这些人民崇拜者的议论，如风凉的雨水滴在我的心坎上。那些有价值的书籍，论到了农村中黑暗的生活和农民受难者，这些书籍对我的帮助很大。在这里，我深刻地感觉到，只有很真实的救爱人类，才能吸取在仁爱方面必需的力量，为着获得和了解生活的真实，因此我也就开始思索关于我自己，并且还注意到一切人们的各个间的关系。

安得来·纪林可夫很自信地告诉我，他店内一部分的收入完全是拿去救助了人民，因为民众相信：第一件就是人民的幸福。他掉转身向着他们，好像俄罗斯教堂内，忠实的侍吏隐藏着快愉在那活泼聪明的圣像面前，幸福地微笑着，一双手放在衣襟内，另一双手摸着自己的软胡须问我："好吗？那……样……做！"

当时有一个兽医专门学校的学生——拉夫罗夫——用一种奇怪的像鹅叫的声调反对"民粹派"。这时候，纪林可夫很惊愕地闭着眼睛，低声地说：

"何等的糊涂虫！"

纪林可夫对"民粹派"的关系是很亲密的，但是学生们对纪林可夫的关系，在我看来好像大人们对待仆人一样、对待饭店的小伙计一样的无理，轻视。但是他自己没有看出这一点。纪林可夫往往把客人送走了以后，把我留在他家内过宿，我们将房内收拾干干净净，就在地板上铺好毛毯睡了，圣像前面的神灯辉映着，我们很和气地谈了好久。他自信地、快乐地向我说："聚积几百、几千这样好的人，就能取得俄罗斯所有重要的位置，并且立刻就能改换俄罗斯一切的生活！"

纪林可夫的年纪大我十岁，在我看来，他很欢喜他的红头发女儿纳丝卡，她的一双讨厌的眼睛他是尽量地避免去看的，要是有客人在前面，他完全是用父亲的资格，以一种军官教操式的声带叫喊同她说话，同时又很忧虑地望着她。若是他同她面对面的时候，他立刻就会震动地、卑怯地微笑着，用手抚摸着他的胡须。

他的小妹妹也坐在屋角内，注意学生们的争论。她那幼稚的脸上表现很可笑的一种紧张的表情，眼睛张得大，当她高声说话的时候，特别是她用呼吸的时候，好像有冷水飞溅到她身上一样，使她惊愕、颤动。靠在她的身旁是个雄鸡似的红发医生，来回地踱来踱去。医生同她半耳语式地说话，他有时把眉皱一皱。所有一切的现象，能够惹起人的兴趣的，都在这个房内表演着。

秋天已经到来了，没有固定工作的我，再也不能这样生活下去了。在我周围的一切的兴趣都增长了，可是我的工作却是一天一天的减少，一天三顿面包都是完全揩别人的油，而面包是经常不愿意自动地进到我喉管内的。要找一个冬天工作的"位置"是非常必须的，于是我就在瓦西刘·谢米诺夫的糖果店内找着了它。

这个时期的生活，我会把它描写在拙著的《主人》《二十六个男的与一个女的》《马医》等这些书内面了。这是很困难的时期，同时也是我学习的时期。

这个时期，痛苦不仅是物质上的，同时又是精神上的。

当我下到地窖内工作的时候，在我和人们必须要知道的事件，都被"无情的高墙"隔绝了。后来没有一个人来看过我，而我，每天做十四个小时的苦工，到纪林可夫的家内我都简直没有时间去了。在休息日，我不是在家内睡觉，就是与同志们在一块干活。

我的同事中有一部分人自第一天起，就将我看成一个快乐的滑稽家，甚至于有几个同事，对于我，好似一个天真可爱的小孩，对于会说有趣味故事的老人一样。鬼晓得我同他们说了一些什么，或者我向他们说了一些能够引他们到有些希望、较轻捷而有意义的生活上面去。有时候，我发现在他们脸上显示出一种人类的悲哀，眼睛内燃烧着一种凌辱和愤怒的火焰。这个时候，我自己悠然地感觉着和自傲地想着：我在做"群众工作"，同时也是"开导"群众。

但是，我的不充分的和无力的智识，使我当时不能答复甚至日常生活很简单的问题。这时候，我就感觉到自己是一个被抛弃在人们掘的黑洞内的废物，又好像是个盲虫，只贪恋于实际的微睡，而却忘记了是睡在酒肆内，是的，睡在妓女的冷酷无情的怀抱中。

我的同事们在每月拿工资的一天，必须要去到窑子内睡一夜，这一夜的幸福在一星期以前他们就在那边企望着。睡了以后，他们相互间很久的叙述这一夜的幸福，在谈话中，他们自己称赞自己的兽性如何强，用一种残酷的、诬蔑的语句嘲笑妇女们。

很奇怪！我听着他们说这些话的时候，我很错愕地感觉到一种苦恼和羞辱。

我知道所谓能安慰人的屋内，只要一个卢布就能买一女人睡一整夜，我的同事们这种罪恶和放浪的生活，我以为是必然的。有几个同事的态度很庄严，我感觉到他们只是故意装作。我是很烦恼的对于女性发生关系，同时我对于这一点是特别慎重和注意的。我还没有尝试过妇女们的温柔的爱，我的同事们在我面前这样调戏妇女，简直使我站在一个不快的地位。

我们不久之后，便再也不来约我到"安慰人的屋内"去了，且又公开地向我说：

"你，老哥！不要同我们一道去。"

"为什么?"我问。

"这样，已经——同你在一起很不好。"

我把这句话嚼了很久，觉得他们的话对我是重要的，但是也没有向我进一步的解释。

"唉，你！已经告诉你了，不要去！同你在一起没有什么趣味……"

只有爱尔吉莫夫笑着对我说：

"像同牧师或者神父在一起。"那些姑娘们，开始用嘲笑我的语气镇定而又含羞地问我：

"你讨厌吗?"

有一个四十岁的"姑娘"，美丽的波兰人，好似"管家妇"样的金莉莎·巴诺特，她用一双哈巴狗似的聪明的眼睛注视我说：

"女朋友，饶了他吧，他一定有未婚妻，是不是? 这样强健的一个人，一定需要一个未婚妻!"

她是一个酒徒，她喝酒好像很困难，而醉后简直使人作呕。当她清醒了的时候，她对人们种种的关系，非常谨慎，并且耐心地寻找人们一举一动的意义，这很使我惊奇。

"最使人不能了解的就是研究院的那些学生们，"金莉莎告诉我的同事们，"学生们同妓女弄的那些玩意儿，使人做梦都难想到的：他们将肥皂水泼在地板上，把地板弄得很光滑，然后把一个女人的衣服统统脱掉，赤身裸体，两只脚、一双手统统张开，仰卧在地板上的盘子内，用手推动她的屁股，看她在光滑的地板上能滑多远，这样一个一个的玩着，这是为什么呢?"

"你说谎了吧!"我这样说。

"呵，不是的!"金莉莎大声地说，可是一会儿她也不生气了，要静下去了。

"这个故事是你编造的吧!"

"一个姑娘为什么编这样的故事呢? 难道我发狂吗?"她睁着圆圆的眼睛问。

同事们是很注意地听金莉莎同我的辩论，而金莉莎用一种不讨厌的音调叙述嫖客们的行动，这个音调需要的只是一个——这是为什么?

听众们都作吐和痛骂这些学生们的行动，同时我看见金莉莎愤激、怨恨那些被我敬爱过的学生们。所谓学生，是爱民众的，是希望民众美满的生活着的。

握斯卡列司基街，爱尔斯基广场内穿制服的大学生，但我说的都是神学院的学生们的行动。他们是一群孤儿，孤儿长大了一定是小偷，或者是无教养的人，这样的人谁也不爱他们，孤儿！

"管家婆"——金莉莎很平静的陈述与姑娘们恶恨的怨恨都是向着学生们，官僚们——"一般的高尚先生们"，在我们的同事中不但引起一种对他们的憎恨和仇视，并且都是很快活的。她又说：

"可见，受过教育的人比我们还坏！"

我听见这种话是很痛苦的，我见到全城的污秽都汇合在这一个黑暗、矮小的房间内，好比一切的一切污秽汇在阴沟内一样。这些污秽东西在那小房间内堆积着，直到发酵、臭化的时候，又传染、散布到全城去。我注视到人类一切的裂痕，在这些裂痕内，生活和自然的烦恼把人们杀伤了，于是将愚弄人的词句编成一种感动人的诗歌，描写人间的纷乱的情感和痛苦，——描写一些"有知识的人"的生活故事，同时也创造一种嘲笑的、嫌恶的关系对待无知识的人们。我以为所谓的"安慰人的屋"就是个大学校，我的同事们却在这个大学校内学了很多含有毒性的知识。

我看见那些"为着人们快乐"的姑娘们，懒散地在污秽的地板上游动着。她们那凋残的身体在讨厌的手风琴的声调内，或者是在钢琴的刺激的声音内无兴趣地闪耀着。我马上就感觉到，在我的脑海内发生了一种不可思议的和纷扰的思想。

多方面的烦恼汇聚着，使我不能忍耐愿意到一个安静的地方隐藏去。

当我在制糖果的作坊内，与我的同事说现在有些人，正在努力去寻找到人类幸福之路的时候，我的同事间就有人反对我说：

"呵，不就是姑娘们说的那些人们吗?"

他们有时用一种无理的态度嘲笑我，我也是很愤恨的，我觉得自己并不是一个愚钝的和讨厌的狗。这时候，我才懂得，思想的生活痛苦，并不比生活本身的痛苦要轻。同这一群很固执的、忍耐性很强的人们在一块做工，我觉得自己是很讨厌他们的。他们的忍耐力特别使我讨厌，就是他们无目标地依赖和服从调笑他们的、无知识的、如醉汉一般的圣人。

"好像是故意的！"这大是特别困难的一天，我送着一个有新思想的与我认识的人，虽然他是站在我的反对方面，可是使我有多少的感动。

这一夜是酷冷的雪天，呼呼的狂风夹带着雪片，从灰白色的天空旋转到地球上，沉沉的大陆被埋葬在冰冻的雪堆里，好像大地的生命从此就完结了，太阳也从此消失了，再不会出现在人间了。在这样的夜晚，我在纪林可夫家内吃了"星期日的斋饭"，回到糖果店内去。我闭着了眼睛，逆着风，在咆哮的风声中走着，我忽然跌倒在路上一个睡着的人身上，我们都相互地骂着，我用俄国语骂他，他是用法国语骂我：

"呵，你这个魔鬼……"

当时我被好奇心所鼓动，于是我就把他扶起来。他的身材是很小、很轻的，但他把我推开，并且生气地大喊着：

"我的帽子呢？碰到你的鬼，快将帽子给我！"

"我冻死了！"

我在雪地上将他的帽子找着，又将帽子上的雪弄掉，好好地戴在他的头上，但是他把帽子取下并向我挥着，含怒地嚷我：

"走开！"

他在前面走着，我也向前走着，一会儿，看见他用双手扶着已经坏了的路灯柱子，站在那里很恳切地说：

"莉娜，我要死了……唉，莉娜……"

他虽然是酒醉了，又受了冻冷，当然我不能任他倒在街上不问。我当时问着他住在什么地方。

"这是什么街？"他带着含泪的声音问我："我不知道走到什么地方了。"

我夹着他的腰走着，问他确实住在什么地方。

"在巴纳凯，"他含糊和战栗地说："巴纳凯……那里……澡堂……屋……"他纷乱的脚步使我很困难地扶着他走，这时候他的牙齿在交战，身上在发抖。

"如果你能（法文）……"他含糊地向我说。

"你说什么？"我问他。

他停止了不走，把手举起来，酒醒了——又好像是自责地说：

"如果你能送我回去（法文）……"

接着将手指放在自己的口内，战栗得将要倒下去，我立刻把他背起来，他的发须靠到我的头顶，他又发气地大喊：

"如果你能……唉，我要冻死了！唉，上帝……"

在巴纳凯街，很难去找到他住的地方。最后，我们找到了一间在大院子内被雪遮盖住的小屋，当他摸着屋门的时候，他低声慎重地向我说：

"喂，轻一点……"

开门的是一个妇人，围的是一条红披肩，手内拿着蜡烛，他让开我们的路，就沉默地走到一边去，将眼镜戴上才开始向我注视。

我告诉她，这个人的手大概是冻僵了，必须要将他的衣服解开，让他躺在床上。

"真的吗?"她用很高的声调问。

"必须把手放在冷水内……"

她默默地用眼镜指示我向那屋内看去——在这屋角内立着一张山水画。我很惊疑地瞧着她那奇怪的、呆板的面孔，她对着那屋角有桌子的地方走去，在那张桌子上点着一支玫瑰色灯罩的灯，她就坐在桌子旁边的凳子上，从桌上拿了两张扑克牌——皇后、太子在手内，才开始注视我刚送来的这个人。

"你们屋内有没有烧酒?"我很大声的问她。

她也没有答复，只是在桌子上将扑克牌一张一张的分散着。被我送来的人，坐在凳子上，头偏在一边，双手通红的放在胸前。我把他放在沙发上，代他脱衣服，他也不知道，如睡死了一样。在靠近沙发的墙上，挂着很多的照片，这些照片中间，有一张照片上扎着一个金花白蝴蝶，拖着两条带子，在带子的末尾写着金字:

"无比的瑞尔特"。

"有鬼，轻一点!"被我送来的人呻吟地说了，当我开始揉擦他手指的时候。

她沉静地、默默地玩弄扑克，在她的脸上，如雀儿光滑的尖鼻头上面，闪着她那一双又大又纯的眼睛。她用一双女孩儿般的手弄着自己如假发一般美好的、灰色的发，小声地，同时又是很响亮地问:

"你会见米沙没有，诺尔?"

诺尔很迅速地把我推开，坐起来，急切地说:

"咯，但是他已经到基辅去了……"

"是的，到基辅去了。"她重复地说着，但是她的眼睛并没有离开扑克，我看她的声音是很单调和难以形容的。

"他很快的就要回来……"

"真的吗？"

"真的，很快。"

"真的吗？"她又重复地问。

半裸的诺尔就从沙发上跳下来，再两跳就跪在她的脚旁边了，用法国语向她说了些什么。

"我很安静。"她用俄国话回答他。

"我迷了路，你知道吗？狂风大雪，我会想过我将会冻死。我们喝酒并不多。"诺尔很急切地告诉她，并抚摸她放在膝上的手。

他有四十岁年纪的人，红的面孔上长着厚的嘴唇，黑黑的胡须，好像是过分地受了惊，使力用他的手去摩擦他那圆脑顶上斑白的硬头发，说话也渐渐的清爽了。

"明天我们到基辅去。"不知是她自己决定，或者是问他，她这样的说。

"是的，明天，你需要休息，为什么还不睡呢？已经不早了……"

"米莎，今天不回来吗？"

"呵，不能！这样大的雪。我们去睡觉吧！"

他从桌上将灯拿在手里，把她送到书架后面一间小房门口。我默默地坐着，当时什么心思也没有，只听见他微声地喘着气。雪不断地在玻璃上打着，好像鸡爪子爬着墙一样，在洼地有融化了的雪水，在玻璃上反射出像蜡烛般的微光。在房子里堆积了很多东西，充满了一种含有热湿而又奇怪的气味。

忽然诺尔出来了，手中拿着灯，他身子摇摇摆摆，灯影乱打在窗玻璃上。

"她已经睡了。"他说。

他把灯放在桌子上，走到房子中间站着，并没有看我，而心中似思索地说：

"咯，怎么样呢？要是没有你，大概我是已经死了……谢谢你！你是谁？"

他将头部斜在一边，注意听着隔壁房内的声音，含有一种恐惧的表情。

"她是你的妻子吗？"我轻轻地问他。

"妻子。一切。全部的生命！"他一个字一个字地小声地俯着头看着地板说。说完了以后，他又用力将手去摩擦头发。

"你喝茶吗？"他问我。

他似乎预备去叫仆妇烧开水，可是他将走到门口记起来了，仆妇已经病了，住医院去了。

我提议我们自己把炉子开火，煮茶，他同意我的提议，他只穿好一半衣服，脚是赤脚，在湿的地板上走着，把我引到一间厨房里。他靠着墙，向炉子站着，重复地说：

"没有你，恐怕我已经死了，谢谢你！"

忽然，他张着很大的眼睛发抖望到我说：

"那时她将怎么办？呵，上帝！"

"你看见没有，她是一个病人。她的儿子是个音乐家，在莫斯科自杀了，差不多已经两年了，而她还是天天等着他呢……"

当我们喝完了茶，他开始用没有连续的、非常离奇的语句向我陈述：

"她是个女地主，他自己是个历史教授，他是在她的家内与她儿子复习功课的时候，和她发生了恋爱，她就同他的丈夫——德国人——一个男爵离了婚，与他同居。她自己就在大戏院内唱歌，他与她同居的生活很好。但是她丈夫用尽一切的手段，想来破坏她的生活。"

他叙述这段话，好像口齿不清地在读书一样，用眯缝的眼，注视那炉子附近的朽坏了的地板。他喝完茶和吃了面包，他的脸上现出许多皱纹，圆的眼睛很惊奇地瞪着。

"你到底是谁？"他这样的问。

"是的，是糖果店的工人。"

"你不像个工人，奇怪，这是怎么一回事？"他很不安和高声地这样说，并怀疑地望着我。

我很简单的向他说了我自己的一生。

"呵，这么一回事吗？"他低声地喊着。

"是的，这样……"

忽然他又很活泼地问我：

"你知道《丑小鸭》的故事吗？你读这本书没有？"

这个时候他的脸面突然变得很凶恶，含怒地说：

"这故事是诱惑人的！我在你这样年纪的时候，我曾经思索过，我是否是一个白色的天鹅？我自己是应该……进研究院的，但是，我只进了大学。我的父亲是个牧师，同我已经断绝了父子的关系。在巴黎我曾研究过不幸的人类历史——进化的历史。呵，所有这些……"

他在凳子上将身体动了一下，继续向我说：

"进化，这是为着想去安慰自己！生活——是谜，是难思索的，是无意义的。没有奴隶就没有进化，没有大多数的人去服从少数人，人类就将要停止在进化的道路上。我们希望减轻我们的生活、我们的劳动，我们只有使我们生活更为复杂，更加深我们的劳动。工厂和机器制造出更多的机器，这是最愚蠢的。人们大多数将要变为工人，我们要的只是农民粮食的生产者。粮食是人们用自己的劳力从自然界取得的一切。每个人需要愈少，则他的幸福愈多，同样，他的欲望愈大，则他的自由愈少。"

或者可以说，我是第一次听见这些话，当然，不是说他的字句，而是指他那昏迷的思想，他那种严厉、露体的态度。他说完了话，好像有一种响声把他惊醒了，使他恐惧地注视到那开着门的房间内。他默默地静听了一分钟，咕噜咕噜含着怒意地向我说：

"你明白吗？每个人需要的很少：只要一块面包，一个女人……"

他说到"女人"两个字的时候，声音特别的小，好似同女人在耳边说情话样。他的这些意思，我简直不了解，同时就是在散文诗上，我也没有读过。忽然，他的态度变得同小偷儿巴士金一样。

"皮特列维奇，福米特，拉马雨，伊王。"含含糊糊地，他说了这些人的名字。这些人，我一个也不认识。同时，他用瘦到骨头的手打着拍子向我读了些法国诗，又讲了许许多多王子们或诗人们的恋爱故事。

"爱情和饥饿支配宇宙。"我见他很有兴趣地说，同时我也记起来了，这句话是印在革命的小册子《饿之王》第一页上的。这句话我以为是给了他莫大的影响！

"人们寻找的是忘却、安慰，而不是知识！"

这句话的意义，很深刻地刺入我的脑海内了。

清早我从他的厨房走出来，挂在壁上的小钟，告诉我已经是六点几分了，当我在灰色的浓雾内，在积雪的道路上走着的时候，我立刻就忆起了诺尔发抖的呻吟声，同时又感到，他所说的一切，好似梗在我的喉管内。我不愿意回到作坊，怕见那些人，于是打着身上的雪，在鞑靼街上慢慢地走着，直到天光大亮，在积雪的道路上已经有了不少行人了，我还在那儿走着。

以后我永没有会见这位历史教授了，同时我也不愿意会见他。但是这种论调——无意识的生活、无益的劳动，——我还是常常听见那些无知无识的进化论者、无家可归的流浪者，以及那些所谓"托尔斯泰派"，和受过高等教养的人们也这样说着，附和着他们的拍奏的，还有那些神学博士、研究炸药的化学家、新生机论者的生物学家以及其他许多的人。但是这些思想并不能给我一种豁然的影响，当我与他第一次认识的时候。

仅在两年前——距第一次说这些问题，差不多有三十年——从我的老朋友——一个工人的说话当中，我突然听见差不多与他们是同样的意思，同样的语调。

有一次我同他随便"谈心"，这个人——他会当真地取笑自己，称自己是个政治的"风车"——以极端的坦白讲出下面的话，只有俄国人才有这种坦白。

"亲爱的 A. M. [1]，我什么也不需要，无论如何，所有那些研究院、科学、飞机，都是多余的东西！我只要一个安静的小屋，和一个女人，我可以吻她，当我愿意的时候，而她对我也很忠实，——精神上，肉体上——这就够了！你是依照知识阶级的习毒来判断的，你已不是我们的了，而是有受过习毒的人！你以为思想是高过人的，你们完全是模仿犹太人的思想：难道人是为着礼拜六而生的么？"

"犹太人也不是这样思想着……"

"只有鬼晓得，他们——那些无知的人——怎样思想着。"他回答我，同时将香烟头抛在河内，它顺着水流走了。

这是深秋月夜的一天，我们坐在尼瓦河岸边的凳子上面，我们两个因工作的疲劳及一切横在心内的不安和扰乱的情绪，我们想在这个清静的地方，把它们变为有益的、良善的。

"你同我们一道，然而不是我们的，这就是我要说的，"他沉重地、微声地继续着说，"知识阶级最喜欢的不是和平、安静，他们自远古以来就结合起来骚动。好像耶稣教唯心论者为着天堂的目的骚动一样，知识阶级都为着乌托邦而骚动。唯心论者、骚动魔鬼、恶汉也与他在一块儿骚动，他们已经知道在人的生活中没有他们的地位了。工人骚动是为着革命、为着正确的分配生产工具和生产品。但是取得政权以后，你想，他们会同意这个国家吗？绝不会的。他们都会分散的，而且他们每个人，为着自己的舒服要建造一个安静的栖身处。"

---

[1] 译者注：ALEKSEY, MAKSIMOVICH, PESHKOV. 这是高尔基的真名。

"说到技术家，他更使我们难堪，他用绳子勒着我们的颈项，使我们不能吐气！不，我们须要从无益的劳动中解放出来。人们希望的安静，工厂和科学不能给人以安静。每个人需要的并不多。为什么我要住在城市内，我只要一个小小的安身所？在那里——城市里，紧紧地堆积了许多的人，——电灯、自来水、阴沟，多么麻烦，你试试看，没有这些东西，我们将多么轻快地生活着！不，这是因为在我们的生活中有很多无益的东西，所有这些无益的东西，都是由知识阶级想出来的，所以我说：'知识阶级是一种有害的人。'"

我说："谁也不会这样玄妙的和绝对的说生活是无意味，像我们俄国人样。"

"在精神上，俄国人是最自由的，"我的朋友微笑着说，"可是，说来你又要怪我，我这样的判断是很正确的，我们俄国人这样思想着的何止千百万呢！只是他们会明白地说出来……生活建立愈简单，它才能给予人类以慈爱……"

我的这位朋友，他并不是一个"托尔斯泰派"，从来也未有过无政府倾向，我很清楚地知道他的精神发展之历史。

我同他谈话以后，我反复的思索着：假使在实际上，俄罗斯千百万的人民，其所以能忍受革命的艰难痛苦，只是在某种精神限度内的一种奢望，想从劳动中解放出来——最低限度的劳动——最长限度的快乐，那么这完全只是一种诱惑，难以实现乌托那！同时我又忆起来了的挪威的诗人易卜生的一段诗：

我是保守党么？啊，不是！

我还像过去的一生，还是那样一个人，

我不愿变换许多角色，

但是——我愿汇合一切把戏，

我只记起一个革命！

她比晚来的一切革命都要聪明，

她能把一切破坏——

我说的是泛世界的大洪水，

但是啊，那时节，魔鬼也要叫苦了！

你知道吧——诺亚成了独裁者。

呵，若是你能更忠心地做到这一点，

那时我就不会不援助你，

你怕这淹灭全世界的洪水么，

我，我却很喜欢地将水雷放在方舟底！

纪林可夫的小店，只能给他很微小的利润，但需要物质帮助的人，而"日常家用"的数量又一天一天的增加了。

"必须事先想个办法。"纪林可夫忧虑地摸着胡须微笑着这样说，同时又很沉痛地叹了一口气。

纪林可夫在我看起来，好像他认为自己是一个受惩罚的人，应受周济人的无期徒刑，他也尽了可能的力量，但是徒刑还是很厉害地压迫他。

"你为什么这样做呢？"我问他。

他很明显的没有懂得我的问题，他解答我的问题的时候，他很书生式地、莫名其妙地说了很多关于人民生活的痛苦，以及必须受教育和知识。

"不过是愿意寻找知识。"他这样答复了我的问题。

"那么，是自己愿意的?"

是的，我愿意。但是，在此地我又忆起来了那位历史教授的话：

"人们寻找的是忘却和安慰，而不是知识。"

这样刺激人的思想，对于十七岁的青年们听到是很厉害的。虽然不能怎样的去影响他们，但是多少对他们总是有害的。

很实际的，我经常留心这个普通的现象：人们之所以爱听那些有趣味的故事，只是当他们听故事的时候，能够使他们忘却自己的痛苦和无聊赖的生活。在小说上，想象愈丰富，听故事的人更渴望着去听它。同样有趣味的小说，一定在这小说里面，有很美丽的精巧的想象。老实说，我这个时候已经是飘荡在这纷乱思想的云雾中了。

纪林可夫已经计划要开一个面包铺，我记得曾经有人很精细地筹算过：这种生意，每一个卢布要赚百分之三十五的利润。他要我到面包店内来当面包师的"助手"，所谓"自己的人"监视那些面包师，免得他们偷拿面包、鸡蛋、牛油以及其他烧烤的货物。

我从那龌龊的大的地窖内，搬到这个比较清洁而又小的面包店内。在这里，注意清洁卫生也是"助手"任务之一。

在这个组合内，共有四十个人，其中有一个很有趣味的——白的卷头发，尖的胡须，枯瘦、烟黄色的面孔，阴黑的眼睛，他的奇怪的口像鲫鱼的嘴一样小，浮肿和粗厚、皱皮的嘴唇，好像他要预备与女人接吻一样，可是眼睛却是很可笑的。

他毫不顾忌地就偷了东西来了——在第一天做夜工的时候，他就偷了十个鸡蛋，三磅面粉，把一块冰硬的牛油也放在另一个地方。

"这个送到什么地方去？"

"这是送给一个少女的，"他友谊地向我说，把鼻子皱了一下，又补说一句，"她是很好很好的少女！"

我试想说服他，偷窃行为是一种罪过。但是，不知道是我的口舌太笨，或者是我不能充分地证明这种罪过，结果，我所说的话一点效力也没有。

他睡在面包柜子上，从窗户口看到外面天空的星，口内很奇怪的咕噜着：

"他教训我！第一次看见就预备教训人！年纪比我小一倍，可笑得很……"

他看看天上的星，又把头转回来问我：

"我好像在什么地方看见你，你在谁家内做过工？是不是在谢米诺夫家内？我们在什么地方会过？恐怕是在梦中看见过你……"

经过几天以后，我就发现他是一个在任何地方都能睡觉的人，甚至他站着靠着墙都可以睡得熟。当他睡了的时候，眉毛高耸着，面孔变得很奇怪，表情是很滑稽的。他最爱说的题目就是财宝、梦的故事。他很确信地说：

"我看见地底下，如馒头样一堆一堆的：财宝、金钱、宝箱、钱，遍地都埋藏着这些东西。每次我在梦里看见的地方，都像是很熟悉的地方——好像澡堂，在澡堂屋角底下，我曾看见一箱食具，到夜间，我就按照梦里面的地方挖，把地挖了半尺深，我再注意一看，尽是煤炭滓和狗骨头。呵，这就是我得的银食具吗……忽然，一个很响的声音：'窗户倒了！'不知一个什么女人在那里狂叫着。岗警：'——有贼！'当时我就逃走了，不然会被他们打死。可笑得很。"

"可笑得很。"这句话，我时常听见，可是他——伊万·凯斯米奇鲁都林说这句话的时候，并不可笑，只是眯着眼微笑，鼻孔张得很大的把鼻梁皱一下。

在实际上，他的那些梦，一点也不稀奇，完全是些无聊无稽的谐谈，但我不懂得：他为什么这样夸张梦里所见的那些东西，而在他周围的生活，却反而没有说及？

有一个新闻轰动了全城市：一个有钱的茶商，强迫自己的女儿出嫁，这个女人在临嫁的时候自杀了。

她出丧的时候有好几千的青年去送葬，在坟场内有许多的学生演说，刚刚演说的时候，警察把他们驱散了。在我们隔壁小店房间内挤满了学生，他们大声阔论来谈这件事情，就是隔着墙的我们，都可以听见了他们愤怒的声音在那儿说着：

"她是挨的鞭子太少，这姑娘。"

鲁都林夹在他们说话的声音内向我说：

"梦见在池子内捕捉一尾鱼。忽然，一个警察对我喊叫：'站着，你好大胆！'我吓得没有地方跑，只好往水里跳，这样我就醒了……"

在面包铺的门市上，料理生意的是两个不熟练生意的少女，——主人的妹妹，另一个是她的朋友——很高大，玖瑰色的面孔和一双害羞的含情的眼睛——她们两个在那里看小说。经常有许多学生来到我们这里，在门市部后面一间小房内，他们用一种时高时低的声调也不知在讨论些什么问题。主人——纪林可夫很少来到这里，"助手"的我，就像是面包店内的管理人。鲁都林虽然天天难以忘却他所梦见的一切，但是他很快感觉到在这个面包店里的一切现象，是很奇怪的。

"你是店主的亲戚吗？"鲁都林这样的问我，"或者，他认为你是他的小舅子？是不是？可笑得很，为什么那些学生天天来到我们这里逍遥快乐呢？吊她们两个人的膀子吗？……或者是的……但是她们两个没有怎样的漂亮……我以为这些学生们，在我们这里吃面包，比之吊膀子还要努力些。"

差不多每天清晨——六点钟的时候，在这面包作坊的一面，原有个窗户是向街开着的，有一个身体矮小的，形似西瓜口袋的少女，赤着脚站在窗户前面的水洼中，高声叫唤着：

"万尼亚！[1]"

她头上顶着一块杂色的头巾，在头巾下面露出卷缩的、发光的头发，红而又小的面孔，好像一个吹胀了的球蛋样，偏狭的额部，睡眠式的眼睛，披在脸上的许多头发，她将用小手去弄在一边，手指张扬的姿势，完全同方生下来的婴儿一样。有趣得很，同这样一个少女，怎样能够说得上是很好的很好的少女？我把他叫醒来，他立刻问她：

"来了吗？"

"你看呢？"

---

[1]译者注：鲁都林的名，伊万缩小称呼。

"睡觉了吗?"

"咯，怎样呢?"

"梦见一些什么?"

"不记得了……"

这个时候在街上很寂静的，只能够听着清道夫扫地的声响，在屋檐下有许多小鸟儿飞着唱着歌，玻璃窗上透射着初出来的温暖的阳光，这样美丽的清晨，我是很愿意看见它。鲁都林从窗户口伸出他那有毛的手抚摸着她的短腿，她很服从地让他抚摸，也不微笑，只是将一双羊儿似的眼睛挤一挤。

"毕史可夫，把牛奶面包弄来，已经烤好了!"他向我喊着。

我从炉子里，将烤面包的匣子拿出来，鲁都林立刻拔了十几个小白面包抛在她那张起的衣襟里，她不断地用两只手调换着，将那热的面包送到口内去，用她绵羊似的黄牙齿大吞大嚼着。

"爱吃这样的面包。"面包师说。

"衣襟放下来，不害羞的东西……"

她走了以后，他向我很自满地夸赞她:

"你看见没有? 她像个小羊儿样，一切一切都是很美丽的，老哥! 我是很纯洁的，不愿同婆娘们住在一起，只喜欢同这些姑娘们一块儿生活着。她是我的第十三个——李凯孚奇的——教女[1]。"

我听见他很快乐地说着，同时又想着:

难道，我也这样的生活吗?

---

[1] 译者注: 教女的意义同中国养女、干女儿相似，俄国过去的习俗，当婴孩受洗的时候，须要两个不同宗的人为教父教母。

我从炉子内取出十二个圆圆的大白面包送到纪林可夫小店内去，回来又急急忙忙装好了两普特的小面包和牛奶面包在一个篮内，送到神学院做学生们的早餐。我就站在学院的大食堂门首，把面包卖给学生们，有时买的是"赊账"，有时也有"现钱"，当我在那里站着卖面包的时候，听见学生们争论托尔斯泰。神学院内有一位教授——顾西夫，是托尔斯泰的仇敌。

有时候在我的篮子内，面包底下藏着很多的书籍，我须将这些书籍秘密地交给某些学生手内，有时候学生们将看完了的书籍、纸条放在我的篮子底下。

每星期内，我要到很远的地方去一次"疯人院"去做生意，那里有一位精神病学家——皮赫金列夫在讲演，他很实际地科学地把病人坐在那里向学生们解释。有一次他正要向学生们作实际解释的时候，有一位瘦弱的病人走进教堂来了，他穿的一身白色的病人穿的衣服，戴的睡帽也是白色的，整个全身好像女人的一只白袜子，我当时就无意地笑起来了，他靠近我站了有一分钟，注意的向我看了几下，我立刻就惊退了几步，好像他那黑眼睛里的尖锐的光芒射透了我的心一样。

当皮赫金列夫摸着自己的胡须，殷勤地同病人谈话的时候，我轻轻用手摸摸自己的脸，我当时感觉到我的脸上好像火酒一样在燃烧着。

病人说话的声音很小，好像在向医生要求什么似的，惊愕地从衣袖内伸出长手指的长手，我看他全身都不自然的伸缩着，无限量的增长着，就是他不离开他的座位，也可以用他的黑黑的长手将我抓过去。在骨瘦如柴的面孔上在两个黑洞内，一对可怕的黑眼闪耀着。大约有二十个学生，他们把病人当作痴子样地看着，但多数人是很注意和怜恤地看着他，以学生的眼睛与病人的眼睛两相比较，当然学生们的眼睛是很自然的。病人是很惊人的，在他身上好像有一种特别的标记。

学生们如鱼一样的沉静，全教室内只教员一个人的声音，每一个问题他都是用种奇特惊人的声调讲解着，他站的姿势很呆板的，好像是从死人堆里爬出来的一样，病人抽动身体的时候，好似教皇般庄严地、慢慢地扭动着身体。

当天夜间我写了一首关于疯狂病的诗——称疯人"是一切主宰之主宰，是上帝的顾问和朋友"，要想描写疯狂病的事迹，成为我生活中很长久的伴侣和影响。

我每天从下午六点钟开始做工，直到第二天早晨，白天我又要睡觉，我只有在工作当中，——将面粉和好了，等它发酵的时候，或者是在烧烤面包的当中，——看一点书。做面包的秘诀，很快的被我学会了，鲁都林——面包师的工作渐渐减少了，他以为这秘诀是他来"告诉"我的，他殷勤而又奇妙地向我说：

"你很能做这种工作，只要经过两年以后，你将是一个面包师。可笑得很。你很年轻，将来要是你的徒弟不听你的话，那就是他们将不尊敬你……"

他很不赞成我时常看书：

"最好你把用书的时间，用去睡觉。"他很关心般地向我提议，但是他从来没有问过我，我看的是什么书。

梦，梦幻中的财宝，以及那个矮小似皮球的少女完全把他迷住了。那个少女往往是夜间来到这里，当她来到的时候，他把她引到那空房内的面粉袋上，若是天冷的时候，她把鼻梁皱一皱向我说：

"你出去半点钟！"

我立刻就走出去，一边想着：他们这种奇怪的恋爱，简直不是书上所描写的恋爱……

主人的妹妹——纪林可夫的妹妹——住在门市部后面小房内，每天我代她升好烧开水的火炉，但我尽量的不去看她，同时也不愿意她看我。要是她看我的时候，她用一种难受的注视力，完全与我们第一次会见的时候一样，在她的眼睛周围表现一种微笑，在我看来，完全是嘲弄的微笑。

因我很有点气力，所以我也生得粗笨，当我搬起五普特重一袋面粉的时候，面包师很怜恤我似的说：

"你有三个人的气力，却还欠敏捷！虽然你长得高大，完全是一头牛……"

我已经看了很多的书，特别是爱读的诗歌，自己开始用我"自己的话"写散文诗和小说。我觉得写这些东西，是很困难的，但是我一切纷乱的思想只有在这个上面才能表现得出来。我有时，故意的荒唐来反对那些奇异的和刺激我的人。

我的教师中的一个数学科的学生，他叱责我说：

"鬼知道你说的是些什么，简直不是话，而是破锣！"

一般的说来我很不满意我自己，好比青年们不满意自己一样。我认为自己是很愚钝的，很可笑的。我的面孔上两个颧骨突出，喉咙又不受我的指挥。

主人的妹子现在能走路了，走得很快，很敏捷，好似燕子在空中飞舞一样。我觉得，这样敏捷的行动，与她那圆圆的、软弱的身材是很难配合的。同时在她心里不知有什么神经病，使她这样，或者是她故意的？她说话的声音是很快乐的，时常可以听见她的笑声，我想：她是很愿意我忘却第一次会见时候，她的那种病态。可是我不愿意忘却，——一切非常的对我都是贵重的，我并且希望着这种贵重怎样继续的生存着！

有时她问我：

"你看的什么书？"

每次我都是很简单地答复她，同时我很想这样问她：

"你为什么要知道这个？"

有一次，鲁都林拥抱着他那矮小的少女而且笑嘻嘻地说：

"请你出去一分钟。最好你往主人的妹妹那里去，怕什么？学生们不是在那里……"

我说，你要是再这样的说，我将要打破你的脑袋。我立刻到干草房里去了，经过门上缺口，我听见鲁都林在那儿说着：

"我为什么要恼他呢？他被书迷惑了，像个狂人一样的生活着……"

在干草房内有老鼠叽叽地叫着，同时又听见那少女的呻吟声音。我走到院子里，寂静地懒惰地却又很急紧地正飘着细雨，在空气内，夹着一股烟气，烧了森林的烟气。已是夜半了。对面的窗户是开着的，微微的灯光在闪耀着，有一人在那里独唱着：

> 神圣的瓦拉密，
> 他有黄金的头颅，
> 向下看着他们，

微笑了……

这个时候我试想着：玛丽亚躺在我的膝上，好比那矮小的少女躺在鲁都林的膝上一样，但是以我现在所有的一身，我觉得这个是不可能的，甚至还有若干可怕。

整夜难以睡觉，

他又饮酒又唱歌，

还有什么……

还做一件什么事情……

大戏院内最不好的配角，都要比这个人唱得好。我把自己放在膝上的手伸缩一下，经过窗户和麻织的窗帘，就看到那个四方的小房子，灰色的墙，在墙上反射着一些微微的灯光，一个少女的脸向着窗户边瞧，并且在那里写些什么。她把头抬起来，用红色的笔杆来理她如丝一般的头发，眼睛缝闭着，脸上含有微笑，他慢慢地将信弄好，放在信封内，用舌头舐湿信封上的胶汁把信封好，放在桌上，用手指——比我的小指还要小的手指捏弄着。忽然她又耸着眉将信拆开，重读一遍，又将信放在另一个信封内，才开始写地址，地址写好了之后，又将信在空中挥动着，好像一面小白旗飘动一样。后来她回转身，拍着手向屋角的床前面走去，又回到窗户前面，把外衣脱下来，露出圆圆的肩膀，从桌上拿着灯，她自随着灯影隐藏到那屋角里面去了。如果她能看见自己的动作，他一定要笑自己是个"傻子"。我在门口来回地走着，同时想看这个少女在这小屋内是如何奇怪的生活着。

有一个红色面孔的学生到她家里去了，用很小的声音和她谈话的时候，她表现出很紧张的样子，不愿去看他，怯懦地微笑着，将两只手藏在背后或者是桌子底下。我不知怎么总是讨厌这个红面孔的学生，非常的讨厌他。

矮小的少女顶着头巾摇摆着走到我的面前，向我说：

"叫你进去……"

鲁都林从缸内取面粉，同时向我叙述他的情妇——矮小的少女——是何等舒服而疲倦，而我自己思量着：

我以后将怎么办呢？

又感触着，好像在那屋角的附近，有一件不幸的事情等待我。

面包店内的生意很赚钱，纪林可夫已经决定要找一个比较宽阔的房子做面包作坊，还要加多一个助手，这个对我很有利，因我的工作太多，简直一天弄得头脑发晕。

"在新作坊内，你将是个老的助手了。"我对店主说。"要他给你十卢布一月的工钱。"鲁都林对我这样说。

我懂得他为什么需要我这个老助手！他是一个不爱做事的人，而我是个很能多做工的人，疲乏对于我是有益的，它能消灭精神上的扰乱，它能成为抑制性欲的自然良剂。但是，只不许我多看书。

"最好你把那些书丢开，让老鼠吃了它们好了，"鲁都林这样说着，"难道你再不能看见它们吗？一定可以看见，只怕你死了才不能看见！可笑得很。睡觉——是没有害的一件事情，并没有丝毫可怕。"

他一般的对于我很殷勤，好像还有一点尊敬我，或者是怕我——主人的代理者，但是这个代理者，并不防碍他经常的偷拿货物。

我的外祖母死了，这个消息，在她出葬以后第七个星期，我的表兄弟写信来告诉我的。在这简单的信上，——没有标点符号的信上告诉我说，外祖母是在教堂外的石阶上，讨施舍的时候，从石阶上跌下来，把脚也损坏了，到第八天就以"坏疽症"而去世了。

其次我才知道，我的表兄弟和表姐以及他们的小孩，这些年轻力壮的人都坐食着，靠着她讨来的一点施舍物过活。他们也没有请医生的常识。在信上又写着：

"她葬在彼得保罗夫斯基的墓地内，所有我们家内的人和乞丐都去送了她，乞丐是很敬爱她的，并且还哭她。外祖父也哭了的，还把我们都赶走了，一个人坐在坟上，我们在矮矮的丛林内看见他很悲痛地哭她，大概他也快要死去了。"

我并没有哭，只是好似一股冰冷的风把我围抱着样。夜间我坐在大院子里的柴堆上，我觉得自己有一个坚实的愿望，要向人说明，就是说明我的外祖母是个多么诚实，多么贤惠的一切人们的母亲。这个愿望在我心灵的深处隐藏了若干的时日，终究没有一个这样的人可以向他说明，结果这个愿望也就烧化在我的心灵之上了。后来我忆起来了，在数年以后，我会读过柴霍夫著的关于马夫的真实故事的时候，这个故事叙述一个马车夫，他向马哭诉自己死了儿子的悲痛。可怜得很，我在那极悲痛的时候，在我的周围没有马儿，也没有狗儿，可是我忘却了把我的悲痛分一给老鼠，——在面包作坊内只有老鼠特别的多，我住在这里同它们的关系是很友谊的。

巡街的秃鹰——李凯孚列奇开始来监视我了。他的身体很强壮，银白色的硬头发，浓厚的胡须，他含有特别味道的向我看，好像在圣诞节上帝前面看白鹅一样。

"我听说你爱看书，"他问我："你看的是些什么书？关于生活方面的，或者是圣经呢？"

"我不仅看圣经，并且还读祷告书。"这样的答复他，使他很奇怪的，很明显的，还很使他无聊。

"是的！看合法的书是有益的！伯爵托尔斯泰的著作你也看过吗？"

"托尔斯泰著作我也看过，但是，我觉得这并不是使警察们有兴趣的著作。这个，可以这样说：他的著作是平常的，在它里面什么都写的有，但有些人说，在有几本书里面，托尔斯泰是很严厉的反对牧师，这几本书须得看一看"

这几本石印的书我也看过，但是都感觉得无聊。我知道同警察们谈论这个是不需要的。

他同我在街上走路的时候，谈了几次话以后，就开始邀请我：

"请到我家里去，喝一盅茶。"

我当然了解他邀请我的念头，但是我也很愿意到他家里去。我同些聪明的人商量之后，我便决定去了，假使我逃避巡查——李凯孚列奇对我的友谊，这个将加深他对面包店的怀疑。

这样——我就到李凯孚列奇家内去做了宾客。他的小屋三分之一被俄国式的炉子占据了，另一个三分之一的地方，架着一张两人睡的大床，床上放着几个棉织的套好枕套的枕头，其余的三分之一的空地方摆着一个放食具的柜子、一张桌子、两把靠椅，一条长椅子横在窗户的前面。李凯孚列奇就坐在这个长椅子上解军服纽扣子，他的身体把这个小屋的唯一的小窗户完全遮住了，他的妻子靠近我坐着，——是个胸部很美丽的少妇，年约二十左右，粉红色的面孔，阴险的、恶毒的、奇怪的紫色眼睛，鲜红的嘴唇，枯燥和发怒的声带。

"我老早就知道，"巡查李凯孚列奇说，"我的教女——西卡列金每天到你们面包作坊里去，这个淫荡下贱的娼妇！所有的女人都是下贱的……"

"完全都是的吗？"他的妻子问他。

"没有一个不是的！"李凯孚列奇很肯定的这样说，同时他的手触着奖章响，好像马触着它蹄响一样。他把一小杯茶饮完了，似乎有滋味地、重复地说：

"从街上最不好的……起，直到皇后止，都是淫荡的下贱的！为着要和所罗门王淫荡，不惜跑过几千里以上的荒漠。就是加德林娜皇后也是一样……虽然她有大帝的称号。"

他好像是在叙说某一个伙夫的故事，这个伙夫同皇后烧了一夜的火，就由军曹升到将军的官职。他的妻子注意在听他的说话，同时闭着嘴唇，用她在桌子底下的脚踢我的脚。李凯孚列奇用有趣味的话和流畅的谈锋说着，不知怎的，我没有注意到就把他的话转向另一个问题上去了：

"相反的方面，有个一年级的学生布列特涅夫。"他的妻子，叹了一口气，立起来说：

"不漂亮，但是——还好！"

"谁？"

"布列特涅夫先生。"

"第一，他现在不是先生，将来才是先生，他现在是个简单的学生，这样的学生我们多得很；第二，'还好'是什么意义？"

"他是很快乐的，很年轻的。"

"第一，乞丐在小屋内同样是很快乐的……"

"乞丐要到钱的时候才快乐。"

"嘘！第二，老狗也做过小狗……"

"乞丐，好像猴子……"

"我说的，你都听到了吗？"

"咯，听到了……"

"怎么地……"

李凯孚列奇征服了她，向我提议：

"我介绍你去认识布列特涅夫，他是个很有趣味的人！"

他大约不止一次在街上会看见我与布列特涅夫在一起走过。我于是向他说：

"我们是认识的。"

"是的吗？有这么一回事吗？"

他说话的声音很愤激，举动很猛烈的，使他的奖章相互碰着响。而我这个时候很担心布列特涅夫：我知道他正在那里弄油印机印传单。

他的妻子碰着我的脚，发怒地看着李凯孚列奇，而他还是发挥自己的漂亮的议论，他尊夫人的沉默的恶作剧，妨碍我注意去听他的议论，即使他也将声音变得很小、很愤慨的时候，我还一点也没有注意到。

"看不见的罗网——你懂得吗?"他问我,同时用圆圆的眼睛望着我的面孔,好像一个什么东西使他惊愕一样。

"皇帝同蜘蛛一样……"

"呵呀,你乱说!"他的妻子吃惊地说。

"没有你说的话!傻子,这样说是为着容易了解,而又不是背地诽谤。蠢材,把茶炉子取去……"

他动一动眉毛,眼睛缝闭着,继续说:"看不见的罗网——好似蜘蛛网一样,——它从皇帝陛下亚历山大第三的心内开始缠绕,穿过各部大臣、各省的长官大人们,直到我,甚至到最后的一个小兵。它同一切都是有联系的围绕着,并且它那暗中的城堡已保持了数世纪永久的国家统治。而波兰人、被狡猾的英国际王贿买的俄国人、犹太人,他们都努力地要破坏这面大网,他们以为这种行动是为着人民!"

他隔着桌子严格地细声地问我:

"你了解吧?那就对了!我为什么向你说这个?你的面包师很夸奖你,他说你是个聪明的、纯洁的少年,一个人生活着。很多的学生到你们面包店去噪闹,整夜坐在纪林可夫的房子里,那里只有一个人——在那里,很明显的。但是当有很多人的时候,我不说反对学生的话。他今天是学生,明天便是检察官的同事。学生都是好人,只是他太性急了,忙着来干他们的把戏,沙皇的敌人煽动他们!你知道吗?还要告诉你……"

但是他还未说完这句话的时候,大门已张开了,一个红鼻子的矮而小的老头儿走了进来,一顶皮帽子,戴在他鬈发的头上,手里拿着一瓶已经开过的烧酒。

"我们来走棋!"他很快活的样子问着,突然又变得很张忙。

"他是我的岳父——妻子的老父亲。"李凯孚列奇愤气和愁闷地说。

经过几分钟以后,我与李凯孚列奇告辞走出来了。那狡猾的女人故意跟我来关大门,捏了我一把,说道:

"那一朵云彩红得如火一样!"

在天空中一块很小的、金色的云彩正在消散。

我可以说,巡查官这次给我肯定而且明了地解释了国家机关的组织。蜘蛛的位置在什么地方,从它的顶点起,坚固地、密切地联系着一切的生活。但这只是个"无形的丝网"。可是我也感觉这无形的丝网的坚实。

夜深了,店子关了门,当时主妇就把我叫到她面前问了一些事情,并且要我告诉她,巡查官同我说了些什么话。

"哟,我的上帝!"她很紧急地叹息着,当听见了我的详细报告以后,好像老鼠一样跑着,从这屋角到那屋角,摇摇她的头。"怎么,面包师没有问你什么? 他的情妇是李凯孚列奇的教女,是吗?那么,须要将面包师赶走。"

当时我站在门柱子旁边,瞧着她的下颌。把"情妇"这个字谈得太随便了,这是我不高兴的。我也不喜欢她将面包师赶走的意见。

"以后要慎重点。"她这样说了。他的眼睛时常注视我。恍惚他问过我,不过这件事情,我是不多明白。她站在我前面,将手叉着放在背后:

"你为什么时常这样愁闷呢?"

"我的外祖母不久以前死了。"

她当时似乎有些高兴，脸上现出微笑，她问我：

"是的。除此之外无论什么你也不需要吗？"

"您很爱她吗？"

"不。"

我离开了她，在这一夜我写了一首诗，在这首诗上我记得有这样一句：

"您——不是您所愿意的那个样子。"

于是就决定学生们少来面包店会谈。在我没有看见他们的时候，我读了许多书，遇着难了解的地方，我把它抄下来，编成一些问题，写在练习薄上，因为学生们少来，我也失掉了机会问他们了。有一次疲乏了，就伏在练习薄上睡着了，面包师偷偷地读了我的笔记。读完了他把我喊醒来，问着我：

"你写些什么？'为什么加里波得不把国王赶走？'加里波是什么东西？难道，也是好赶的吗？"

他很生气地把练习薄摔在面粉箱上，爬进被窝内，而且在那里叫喊着：

"请你说吧，难道他需要赶走国王吗？可笑得很，你把这些计谋抛弃了吧。读书人，五年以前，在沙纳托夫，宪兵捕获了许多读书人，好像捕老鼠一样，李凯孚列奇就是干这样事情的人。你还是要来赶走国王吧。"

他说话的态度是很温和的，但我答复他的话，不能作为笑话去说，我只有禁止自己同面包师去谈"有危险性的题目"。

在城内出版了一种宣传的小册子，在这种书上也有辩论的价值。我问着兽医拉夫诺夫，并要他给我一本，但是他带着绝望的神态告诉我：

"唉，没有，老哥，不要期待！这种小册子，是秘密的，将来在一个地方可以看得到，我可以领你到那儿去……"

休息日的半夜，我在阿尔司卡田野，跟着拉夫诺夫的后面走着，通过许多黑暗的地方，他在前面离我有五十步的样子。这田野统统是空旷的平原，但是我们在走路时也要"预防"拉夫诺夫这样提议：用口哨、唱歌做暗记。天空有一块一块的黑云浮游着，在它们之间时常吐出月儿金黄色的光。月影罩着大地草原，耀着银与铜之光。城市在我背后喧嚷。

我的旅伴，停止在神学院的后面一个什么花园的垣墙边，我急忙地几步赶上他。我们轻脚轻手地爬过了垣墙，在杂草丛生的花园内走，偶一触到园内的树枝，如珠的露水一点一点打在我们身上。我们站在屋的墙角边，轻轻地敲那关闭看的窗户，谁来将窗户打开了，我看去，在他后面是很黑暗的，一点儿声响也听不出来。

"谁?"

"从杨科夫来的。"

"跳进来。"

在极黑暗的地方觉得有许多的人在那儿，听到衣服擦着的响声、足声、轻声的咳吐、低低的耳语。他括着一根火柴，瞧了我的脸孔，我看见墙边地板上有堆黑漆漆的影子。

"到齐了吗?"

"是的。"

"把窗户关紧，不要使灯光透出去。"

谁在大声怒气地说：

"哪个聪明的人想出来的，把我们召集在这样的房子里？"

"安静点儿！"

点了一盏小小的灯放在屋角内。房子是空的，没有家具什物，仅仅有两个柜子，在柜子上放了一块板，在这板上——好像做篱笆的木橼——坐着五个人。灯也放在这个"神父"所设的柜上。在靠近墙边的地板上还有三个人，窗上有一个少年，头发长长的，脸上瘦而且白。除了他和小胡子，我统统都相识。有胡须的低声说，他将要读《我们的不同意见》，这书的著者，是朴列哈诺夫，是"过去的人民自由派"。

在黑暗的地板上有谁在吼着：

"我们都知道！"

那种秘密环境当然是能激动人的。诗是神秘的，诗的意义也伟大。当时我在那个房子里，深深地感觉到自己好像是个信徒，正在礼拜堂中作晨祷，这使我想起了地下礼拜堂与初期的基督徒。私言耳语的声音充满了这个房子，但是字音却很清楚。

"无聊。"不知谁又在那屋角内吼着。

在那儿，朦朦胧胧中有一块铜闪烁着，好像是一个战士之盔，后来我推想，这怕是个通气管子。

在房子里有许多低低的声音，他们把自己束缚在这暧昧、混沌的、热烈的语句中，谁说的是什么，是很难了解的。从窗户台上，我的头上面，发出一种嬉笑和大声地问道：

"要读呢，或是不要读呢？"

这问话的是长头发、苍白色的少年。大家都默然，仅听那轻声的念书声。有谁擦了一根火柴，把纸烟卷燃得红红的，这种光辉把正在用心思虑的人们照着，他们的眼睛时而闭着，时而睁得很宽很大。

讲书的人好久就疲劳了，听书的我也倦了，虽然那些尖锐的、激愤的语句使我高兴听，可是容易简单使他们沉睡在这正确的意思里。

忽然一下，念书的声音中断了。这个时候房子里充满了愤怒的叫喊声：

"叛徒！"

"蜜蜂在轰轰……"

"这个是诬蔑英雄们所流的血。"

"这是在盖雷拉诺夫、乌利亚诺夫被杀了以后……"

那个少年从窗户台上叫着：

"先生们，难道真的不能够用郑重的争论来代替谩骂吗？"

我不爱这种争论，也不懂他们争论的是什么，这种露体的、自爱的争论，这种变态的兴奋思想我是很难看到的。

那位少年从窗户台上斜向着问道：

"您——毕史可夫，面包工人？我——费托西夫。我们应该要认识才好。老实讲，在此地没有什么事做，吵是吵得久，而好处却很少。我们走吧。"

同我一块儿走的时候，他问我，工人当中有没有认识的人，我读的什么书有剩余的时间没有，在这些问话之间，说着：

"我听说关于你在这个面包店的事，很奇怪，你有许多徒劳的工作，为什么你要这样呢？"

不久我自己感觉到，是需要这样的，所以把我的生活简单地告诉了他。他听了我的话是很高兴的，同我紧紧地握了手，对我表示一种亲爱的微笑，他告诉我，经过一天以后他就要走，大概有三个星期，他回来的时候，给我知道，约在什么地方去相会。

面包店的事情统统都很好，我个人一切的一切都不好。转到新面包店以后，我个人的工作和责任越加多了。我夜晚要在面包店内工作，早晨要送面包到各寄宿舍、大学院、女修道院，修道院的学生们必须要在我篮子内选择些好面包，顺便放些纸条，用的纸时常都是很美丽的纸条，我呢，很惊慌的，只把特别重要的、加过点的那些语句读了它，我自己感觉到很奇怪，当时一群潇洒、绮丽的人，面上显出欢悦、快活的样子，眼睛表示着聪慧有光，她们把我的篮子围绕着，把一块一块的面包捻成玫瑰色的小足掌。我瞧着她们，努力地猜想：她们写给我的那些无耻的纸条，能够说她们不是卑鄙下贱的思想？这时我忆起那肮脏的所谓"安慰人的屋"，我心里想着：

从这几个房子一直到"无形的丝网"都是真实的吗？

从这些女修道院的学生中间，有一个学生穿的半敞胸的衬衫，宽大的外衣，叫我在走廊里站着，她急忙地轻声地说：

"若是你能把这封信按着通讯处交到，我给你十个哥比。"

她的眼睛盯着我身上，她那黑黑的、亲密的眼睛内放出泪光来，将牙齿把嘴唇紧紧地咬着，而两腮和耳朵显出一块一块的红斑。我好好地拒绝了接收那十个哥比，而这封信我拿起转交到一个审判官的儿子——是个高高的大学生，两颊上挂着肺结核的桃花色。他说要给我半个卢布，于是默默地数着铜哥比，当时我就说，这个我是不需要，他那时就把这铜哥比向自己的口袋里放，但是没有放进去，哥比都掉在地板上了。

他眼睛已晕乱了，看到那些哥比在地板上周围乱跑。他用力地去洗手，把指的骨节都差不多洗脱了，他这时连呼吸也似乎困难样，带着怨恨的说：

"现在怎样办呢？好吧，再见！我还需要想想……"

他想了没有，我可不知道，但是我还要去卖面包呢。很快的，她在这修道院中消失了，过了十五年以后，她在克雷姆中学当教员，我在那儿遇见她，告诉我，她患了最痛苦的肺结核的病，又说到世界上无情的、罪恶的人类和可耻的生活。

把面包送完了以后，我才去睡觉，夜间又要在面包作坊去干活，到半夜就把牛奶面包送到面包店子内去，我们的面包店旁边是城市戏院，每天这些演员都要我们店子的热面包。以后我还要去揉面，做法国式的小面包，而用手去揉练十五普特到二十普特面粉的面包——这个不是弄来好玩的玩意儿。

这样我再去睡两三个钟，我又再去送面包。我就这样日复一日的过去。

所谓"智慧""善良""真实"把我捉住了，使我如发癣一般的痒痛难堪。人是社会的人，我生存在社会里，忍痛地活着和努力地学习，都只是为我的幻想所支配。可是很需要从这些平凡的实际生活创造一种有趣味的历史。在卡列司托夫和鲁布虎佐夫工厂，我有几个认识的，特别同我接近的是老织工李加太·刘仆佐夫，这是个聪明而好动的人，在全俄国纺纱厂都做过工。

"我活在世界上有五十七岁了，我的马克西谟，你是我爱的青年，新的人！"他说话的声音像谁要绞杀他样叫喊，一双有病的灰色眼睛在两个黑洞里微笑，在他的鼻梁上，在他的耳朵后边许多铜锈样的斑点，在纱厂内都叫他是"德国人"，因为他剃了下部的胡子，留着鼻下的坚硬胡须和浓厚的下唇上的黄胡子，宽阔的胸襟，身材是中等，当时他已经是萎缩不堪了。

"我爱到马戏院里去，"他说了，把左肩偏了一下，不知怎样的，颈骨也扭痛了，"马这些畜生——是怎样教练的啊？好玩得很。我用尊敬的态度看着那些畜生，我想，人也是可以教练得会利用聪明的。马戏者用糖来买得牲畜，我们当然能到那小店子中去买糖。我们对于精神上，糖是需要的，而且必是亲密的！年轻人，对人行动要亲密，而不要虚伪，像我们这样，对不对？"

他自己对人们就不亲密，同人说话半轻视半讥笑的。在酒店内有一次遇见他们，当时正在围着撕打，他已经挨了两拳头，我进去才将他拉出来。

"你身上打痛了吗？"我问，在秋风微雨之下，同他在黑暗的路上走着。

"哟，这样还不痛？"他很平淡地说了，"兄弟，为什么同我们说话要称'您'？"

从这时我们开始认识了，最初很尊敬我，以为我是很聪慧的，当时我告诉他，"无形的丝网"在我们生活中的作用怎样，他想了一下，叫喊起来说：

"而你——不蠢，不会蠢！你怎么？……"这时对我特别的特别的亲密，如父子般亲密样。

"我亲爱的，我的马克西谟，你的思想，——正确的思想，可是没有人相信你的，这样不多好……"

"您相信吗?"

"我——无家之狗，短尾巴狗，而其他的人们是有锁链的狗，在每个狗的尾巴上都有些东西缠着：老婆、孩子、手风琴、套靴，并且每个狗都住在自己的狗窝里。不相信。我们的马拉左夫在工厂里——这曾经是真事。谁走在前面谁碰钉子。受伤的往往是前额而不是屁股。"

他说话前后转了几个问题，当时还有位朋友是铁匠沙波史利可夫·杨可夫·卡列司托夫工厂的工人，有肺痨病的音乐家，圣书很熟，他非常激烈地否认上帝，各方面他都咒骂，他很着急地和坚决地证明：

"第一，我之创造完全不是依着'上帝的形象'。我什么都不知道，我什么也不能做，我也不是好人，不是的，不是好人。第二，如同我这样的穷困，上帝是不会知道的，或者是知道，但是也不能帮助我，或者能做援助，可是不愿意。第三，上帝也不是全知，也不是全能，也没有仁慈，老实说，没有上帝。这个是个造出来的，一切的一切都是假造的，一切生活也都是假造的，但是这骗不得我。"

刘仆佐夫由惊愕变成哑子，以后那凶恶的面孔成了灰色，于是肆口谩骂，但是杨可夫从《圣经》上引了许多许多光荣的语句来解除他的武器，刘仆佐夫沉默了，皱着脸皮在那儿反省自思。

杨可夫是像个长者的说话，他的面孔有点微黑，头发卷缩，色是黑的，好像采干人（波希来亚人），从那瓦灰色的嘴唇露出狼一般的牙齿。他那黑黑的眼睛死死的直看到他的敌人脸上，当时似乎有种痛苦难以忍受的样子。

我们同杨可夫分别了，这时刘仆佐夫很愁闷地说：

"在我面前是不许可反对上帝的。这样的话我什么时候也没有听到过。一切的话我都听到过，但是这样的话我却从没有听到。当然，这样的人不是地球上的人。但是，惭愧得很。怕他是中了热……有趣得很，老哥，真是有趣。"

他很快地、友谊地把杨可夫的事情和他一切的污点、坏事都告诉了我，又把手指放在他那烂眼睛边擦了几下。

"这样，真是可笑，"他又说了，"上帝，停止了我的工作？呵，是沙皇呢，你是我的亲人，老实说，沙皇也没妨害我，妨害我的实际上就是在我的主人。皇上，少许给我一点也好，只要我有点权利对付主人，这样就是仁慈嘞……"

当他读过《饥饿之王》以后，他告诉我：

"整个一般还正确！"

第一次看见石版印的书，他问我：

"说给你写的？写得很好。你告诉他，我感谢他。"

刘仆佐夫有种求知的欲望还没有满足，似乎有种伟大的压力使他注意去听沙波史利可夫毁灭上帝的话。我说了一些书和笑话，他也听了一个钟头，把头一摇，喉管似乎什么塞着，发了感叹：

"慧敏的家伙，聪明的人，呵，真实有聪慧。"

他自己看书有些困难，因为红烂的眼睛妨害了他，但是他还知道不少的事情，发生不少的惊疑：

"德国人有非常慧敏的工艺技术的时候，国王就请他到国家机关去。"

我们谈话之间，又说到伯伯尔。

"伯伯尔这个人你知道吗？"

"知道。"他简单地答复我，用手搔着自己的头。

沙波史利可夫的生活没有痛苦的扰乱，他竭力去毁灭上帝，讥笑僧侣，对于教师牧师特别的仇恨。

有一次刘仆佐夫很和顺地问他：

"杨可夫，只是专门反对上帝，你说怎么的？"

那他会引起更大的罪恶：

"我信仰上帝差不多有二十年，有什么妨害了我呢？忍耐。争闹是不可以的。'上天规律，生命永恒。'《圣经》上载得清楚。我看，去想想。去想想，李加太。"

嘿，若真正的动手，去破坏那"无形的丝网"，他大概要哭泣叫喊：

"这样早就该死呢！"

我还有几个很有趣味的朋友，所以时常我跑到谢米诺夫的面包坊找老同事，他们见我非常喜欢，说话谈笑。但是刘仆佐夫住在亚丹司密村，而沙波史利可夫又住在鞑靼村，有很远的路程，彼此之间有五个俄里，我很难时常见到他们。而到我这里来又不可能，因为没有招待客人的地方，到我们新的面包店，那儿又驻的有兵，面包坊后面就是警察局，围墙都是连接到的，能够爬垣墙到我们这边来的都有正式的"青色制服"，他们来是为官长买面包或者是买面包为自己的。还有，我不是很"特出的人物"，所以也没使人对于这个面包店特别的去注意。

我看看，我的工作是没有意义的。人们什么事情也不干，钱柜的钱流出得太随便了，以致有时没钱支付面粉账。这时候纪林可夫摸摸自己的胡须，失意叹气地说着：

"破产。"

他的生活也很坏，红头发的纳士卡也使他生气，各方面看去都是灰色的，都觉得对他有种侮辱。

纳士卡她一直到安得列那儿去，似乎没有看见他样，他只有苦笑，就是在路上遇着她也只叹叹气算完事。

他有时也告诉我：

"一切都太随便了。一切人可以拿去一切东西，也并不知会一声。自己买了一双短短的袜子，马上就不翼而飞了。"

这个曾经成为笑话——关于这双袜子，——但是我没有笑过。我看这个人是很廉洁的、很谦逊的一个人，努力去做有益的事情，而他的四周的人关于这些事都认为没有重大意义，并且去破坏他。纪林可夫没有计算人们对他的好坏关系，但是他有权利特别去注意对他们的关系——友谊的关系。他的家庭很快的瓦解了，——父亲病死了，把他安葬在教堂的旁边，他的弟弟开始同女人一块儿游荡、饮酒，妹妹好像陌生路人，她已经与一个红头发学生有了一段不幸的恋爱。我时常看见，这女人的眼睛是因流泪而肿了，因此我就仇恨这个学生。

我当时觉得我是爱上玛利亚了。我也爱我们店的女贩卖员娜杰施，身体胖胖的，面上红红的，和那蜜一般的含着微笑的口唇。我一般的爱这样的女人。我的年纪、性情和我的孤寂生活都要求我去与女人结婚了，这个有时间性的快要过去了，比之过去更快呢。我必须要女人的拥抱，或是特别一种友谊的女朋友来安慰，这里我要公开地说自己的话，这时我的思想还是荒唐、没有系统，感觉还是混沌的。

朋友，我还没有。人们看我好像是"商品""原料"，没有激起他们对我的同情，没有引起他们对我的公正。当时我开始同他们谈话，不是关于我自己的利益，而是与他们有利益的。他们向我建议：

"丢掉这个吧！"

古力·布列特涅夫被捕和转到彼得堡去了，在"十字架上"。这是清早在街上，李凯孚列维奇遇着我，他开口便告诉我这样的消息。他当时似乎胜利和光荣的样子，胸脯带有许多勋章，——好似阅兵回来的，——他把手举起放在军帽边上，默默地同我走，但这时停止着，忽然像发气似的在我后面告诉我：

"古力·亚历山大诺维奇在今天夜间被捕了……"

摇了一下手，又轻声地补说了一句：

"这个青年算完结了！"

这时我明白，在他那滑稽的眼睛内也似有泪光辉煌。我以前就知道，布列特涅夫是自己期待被捕的，事先同我谈起了这件事并且要我不去会他，刘仆佐夫也不要去会他，他这样友爱地告诉他们，也如同告诉我一样。

李凯孚列维奇看着自己的腿，很枯燥无味地问：

"为什么不到我这里来呢……"

夜间我到他那儿去了，他微微地动了一下，坐在床上，饮着汽水，他的老婆弓着背在窗户边补短裤子。

"这样，"巡官开始说了，搔着胸脯的狗熊般的绒毛，眼睛瞧着我身上想着，"逮捕了。在他家内搜查出一只锅，——他在那锅里正煮染料，以备印刷反对皇家的文字。"

他把痰吐在地板上，很气愤地叫着老婆：

"给我的短裤子！"

"等一下。"她回复了一句，但头仍俯着没有抬起来。

"希望，"老人说了，用眼睛以示女人，"我惭愧得很。同样的，学生用什么方法能够反对皇上呢？"

他穿好衣，当时说着：

"我去一分钟，把茶炉子升起火来。"

他的老婆没有动，望着窗户，但是那时候他已隐藏在哨所的门后了，她很快地转过头来，用紧紧的拳头门外比试，用很凶恶的样子，咬牙切齿地说：

"老死尸！"

在她面上有不少的泪光，左眼睛是闭着的，有很大的伤痕，跳了一下，到了炉子边，把茶壶斜放着，像蛙叫着：

"我欺骗他，这样欺骗他说他胜利了！狼战胜了他。你不要相信他，一句话也不要相信他！他将要逮捕你。他造谣，他不怜悯任何人。他是个渔人。他完全知道你的事，他完全靠着这过生活，逮捕人。"

她转到我的前面来低声地同我说：

"你高兴我吗，啊？"

当时我不高兴这个女人，但是她的眼睛很凶的样子瞧着我，并且表现出非常苦恼的态度，我拥抱她，抚摸她的头发——散乱的头发，和肥胖的脸。

"他现在去侦探谁?"

"去李卜罗斯基,不知在什么门牌。"

"什么名字你不知道?……"

嫣然地笑了一下,她回答说:

"你看,我要告诉他你问了我一些什么话,他去……侦察古力……"

说了她又跑去炉子那边。

李凯孚列奇带了一瓶酒、酸莓子、面包回来。玛利娜坐在与我并列,很亲密地款待我,用她少妇的眼睛瞧着我的脸,她的丈夫向我吹牛:

"这'无形的丝网'系在人们的心灵上、骨髓上,哦,人们该维系他!皇上——民众的上帝。"

忽然之间问着:

"你读了不少的书,《四福音书》你读过没有?怎么样,依你看来,那里面都正确吗?"

"不知道。"

"依我看来,写的是多余的。很不少的例子,说乞丐是:光荣的乞丐。这样他们比什么光荣呢?简直是瞎说。一般的——又就不幸——这又是令人难以了解的。老实说,不幸是由贫穷来的。不幸——这个意思——就是不好。而谁贫穷呢?他没有说,要是这样去讨论,那么比较好。"

"为什么呢?"

他用很奇怪的眼睛注视我,默默无言,而后来却很郑重地、严正地谈起来了,看当时那个形势,他的思想都是很有考究的。

在《四福音书》上有许多怜悯的，而怜悯是有毒的东西哟，我这样想。怜悯那些无用和有毒的人是需要费很大的气力，用在贫民院、牢狱、疯人院这些人上。援助那些健全的、强壮的这才不会徒劳无益。而我们去帮助那些软弱无能的，他对于你有什么利益呢？我们得想想。要了解《四福音》的出发点，好久已离开了实际生活哩。哼，你瞧吧，希列特列夫为什么完结的？为着怜悯。好，乞丐起来了，而学生倒霉了。这些聪慧在何处，哼？

这样的思想在这样尖锐的形式当中我是第一次听到，虽然以前听到过它们，然而我却没有想他也会如此的生动而广播。我过了七年以后，我读了一本尼采的书，才很明确地了解喀山城巡兵的哲理。我可以说，我以前在生活中听到过一些的思想，在书本上却很难遇到。

而老的"狩猎者"都说了，用手指在鼻子旁边敲着拍子。枯瘦的脸上有许多皱纹，但是他不向我看，而瞧着那发光的铜茶壶。

"现在你去吧。"他老婆第二次来提醒他。他没有回答她的话，可是惹起他滔滔不绝地表演自己光荣的思想。

"你不是笨人，有知识的，难道你一生就在面包坊工作吗？要是你为政府办事你还少了这点工资……"

当我听到他说话的时候，我想着，在李卜罗斯基街有个人我以前不认识，我怎样去告诉他李凯孚列奇在侦探他呢？那儿，有一家，住的人不是很久从充军的地方放回来的，是从杨鲁托夫斯基放回来的，雪尔格·琐莫夫，这个人的历史有人告诉我是非常有趣味的。

"有智慧的人应该住在山尖上的，好像蜜蜂住在蜂桶内，黄蜂住在蜂窝内，沙皇陛下……"

"看看——九点钟了。"女人说。

"有鬼!"

李凯孚列奇站起来，扣着制服。

"不要紧，坐马车去。再见，老弟。走吧，不要客气……"

从哨所出来，我同自己说，无论什么时候我都不去李凯孚列奇家内做客了，虽然过去很有趣，可是现在这个老人完全与我分离了。他的话当中，尤其是说怜悯是有害的东西，这句话是我心中永久的纪念，我感觉得到在这些话中也有些真理，但是颇讨人厌，因为他的渊源总是警察的。

这个题目时常有不少的争论，他们之间有一个争论特别激动了我。

在城内有个托尔斯太派（这是我第一次遇见的托尔斯太派），——身材高高的，棕色的面孔，是个神经质的人，黑的胡须好像三角架，厚厚的嘴唇同黑人一样。曲屈的背，她是经常看到地下的，但是那秃秃的头不时地转动着，黑黑的眼睛很灵活地注视到他的四周。我们在一个教授的住宅内谈话，当时还有一个瘦弱的姣好的小神父，穿的是件黑色的、丝的袈裟，这袈裟正好烘托出他那苍白的、美丽的面孔，上面浮着灰而冷的眼睛之中干枯的微笑。

托尔斯太的信徒说了好久关于《四福音书》的永垂不朽的伟大的真理。他的说话声带是很坏的，语句也简短，但是他的话是很尖刻的，使他们听到都感觉真实有力。他的姿态，左手撑着颊，右手放在衣袋口内。

"优伶。"在屋内有人耳语。

"很像在舞台上，是……"

在不久以前，我读了一本书——是《加持力教反科学的斗争》。这中间有个人说，他相信仁爱可以救济世界，他正准备着把仁爱搬到人间去。

他会穿件白衬衣，袖子很大，披着一件颇难形容的灰色的旧晨服，这也是他与众不同的地方。在说教的末尾，他高声叫喊起来了：

"这样，你们同基督在一块儿还是同达尔文在一块儿呢？"

他投了这个问题，好似投一块石头到那挤满青年人的屋角内，那些青年男女们的眼睛都含着恐怖与热情来望他。他的话看起来统统是奇妙的，人们都沉默不言，只是低头深思。他又很热烈地瞧了他的周围和欢喜地说：

"只有法利赛人才企图把这两个不可调和的原则联合起来，这样的联合等于最可耻地欺骗了自己，并且以谎言了解人类。"

那小神父站起来了，很斯文地摆一摆袈裟的大袖，很流利地谈起来了，面上带一种谦逊和殷勤的微笑：

"你们，很明了的，关于法利赛，要保持一种粗野的见解，实际上，她的本质不仅是种错误，而且是种罪恶……"

他所说的给我很大的一种惊愕，因为他证明法利赛是犹太人启示之真实的、纯洁的保持者。犹太人民时常同他一块儿去反对他的敌人。

"得看看书，如伊西法·佛拉卫……"

有一位托尔斯太的信徒跳起来，顿着脚绝叫：

"现在人民去同自己的敌人反对。另外一个人，这不是人民自己的意志，而是被压迫去干的，那么我也是你的佛拉卫？……"

以后这小神父和许多人都争论到一些部分的小问题，在这时候的主要论题反而消失了。

"真理——这是爱情。"托尔斯太的信徒叫喊着，他的眼睛表现出一种憎恶和仇视的火花来。

我自己感觉到，没有把他们的意思捉住，我时常想，地球上再没有比我还蠢笨无用的人了。

托尔斯太的信徒，擦擦自己的脸，又叫喊起来：

"把《四福音书》的思想抛弃了，为着扫除虚伪的幻想，这是将来必需的！这个才是真实！"

摆在我面前的问题：怎么办？若是生活为着幸福不断地在地球上斗争，仁慈和爱情就应该成为妨害斗争胜利的东西吗？

我知道了托尔斯太信徒中的一个名字——卡诺斯基，我也知道他的住址，在另外一天的晚上我去拜访他。他住的家里有两少女是地主的女儿，他同她们在花园内一张桌子后面坐着，花园的垣墙又旧又高。他穿的白色的西服，衬衣的颜色也是相同的，把它扣在那黑茸茸的胸脯上，身体瘦瘦的、长长的，好似锐角样。他很好地回答了我的问题，关于什么是无家的使徒、真实的传道者。

他用银勺子在盅子内取牛奶，用他的厚厚的嘴唇去喝，但每一勺子都先在口边吹出一些白点点来，觉得这样喝着是很有滋味的。侍奉他的，都是少女，有一个女人站在桌子边，另外的女人——站在菩提树下面，手在胸脯上放着，眼睛瞧着地下。她们穿的轻软的紫丁香花的大衣，颜色花样各个人都是一样的。

他很愿意地、亲密地同我说关于爱情的创造力，关于这个，感觉得要能暗示自己的灵魂，唯一的是要能够"联系到人的精神世界内的"爱情，散布到生活的各部分去。

"仅仅是这个才能够把人类联系起来！没有爱情，就不能够了解生活的真谛。此地它又告诉我们：生活的规律——斗争，这种盲目的精神，预料是要沉没的。火不能战胜火，同样，罪恶没有力量战胜罪恶！"

当时少女们相互挽着手，向花园里走回家去了，而这个人，眯着眼睛注视她们的足迹，问着：

"啊，你是谁?"

我听着，开始用手指敲着桌子，人——各个人需要努力在爱情的领域内去求得精神的安慰，而不需要努力去改变生活的位置。

"人愈是站得低，他就愈接近现实生活的真理，愈接近神圣的智慧……"

他在这个"神圣的智慧"认识之间我有点惊疑，但是我完全沉默没有说话，当时我感觉到他同我是很弧寂的。他看了我一下，又把视线转动了，打了一个呵欠，把手交叉放在自己的后颈上，伸了一下脚，眼睛闭着，咕咕噜噜地，好像说梦话样：

"只有温柔的爱，才是生活的规律……"

战栗的、震颤的手，向空中摸索着，并且对于我像有点害怕的样子：

"怎么地? 我疲乏了，原谅一下吧！"

重新把眼睛闭得死死的，牙关咬得紧紧的，好像患了什么病似的，他的上嘴唇翘起，下嘴唇掉下，稀疏的上胡须竖起来。

我走了以后，感觉得在他的纯朴之间有种纷乱的思想和非友谊的情绪。

　　过了几天，是个很早的早晨，我送面包给一个认识的助教，是个醉汉。无妻者，同时在那儿又看见了卡诺斯基。他，大约在夜间没有睡觉，他的脸上是褐色，眼睛是红肿的，我看他是喝醉了酒的样子。托尔斯金助教，醉倒在地板上爬，坐起来手内拿着烟卷，又捏着下衣，地板上乱七八糟的摆着家具，啤酒瓶子，上身的衣服，自己坐着颠颠倒倒地叫喊：

　　"仁……爱……"

　　卡诺斯基很尖刻地和动气地叫：

　　"没有仁爱！现在我们离开爱情去没落，或者将来强迫着为爱情去斗争，——老实一句话：断定我们是要消灭的……"

　　一把抓住我的肩膊，引到一间房子内，把助教的话告诉我：

　　"是的，问问他，他想要什么？问问，想要人类给他的爱情？"

　　一只满眶泪水的眼睛瞧了我一下，又苦笑的样子：

　　"这个面包工人！我应该给他面包钱。"

　　身子战栗不安，手放进口袋内，掏出一把钥匙来，当时把我拉住：

　　"喏，统统拿去吧！"

　　但是托尔斯太的信徒，把钥匙拿起了，战栗地捏住我的手。

　　"前进吧！以后总要比这样好。"

　　把面包扔掉了，捏住我，到屋角里一把长椅子上坐着。

　　他不知道我，不晓得这个也会使我很高兴的，尤其是他说脱离了爱情生活要沉沦和心坎上隐痛的话，是我很好的纪念。

　　有许多事实很快地告诉我，他在那一群女人之间爱上一个女人。可是她们姊妹之间自己创造不少的快乐，反对恋爱，并且视恋爱为罪恶的事情。她们时常在房内说，为着爱情说教的，很快的是会从他的家中拿回去的。他不久也就离开这个城市了。

爱情和仁慈在人类生活中的意义问题是很久的了。很复杂的问题发生在我出世以前，开始的时候，在我的精神上没有一定的形式，但是很尖锐地感觉到在我的心灵上不调和，以后有显明的形式，一定的明了的感想：

爱情有怎么样的作用？

我所读的一切东西，都充满了基督教和人道主义的思想，以及对人类的同情心，在此地我所认识的好人都很雄辩地、很热烈地谈说这些东西。

但是我直接考察一下，则完全没有对于人类的同情心。生活在我的前面展开一条无有始终的仇恨与残酷之锁链，一个龌龊的、不断地为着占领微小的事物的斗争。我个人需要的仅仅是书籍，其他的一切在我的眼睛内看去都是没有什么意义。

准备到街上去，在大门口坐了一点钟，为着想去了解这所有的马车夫、守门的、工人、官僚、小商人。他们的生活为何不像我一样？而我所喜悦的那些人又为何不要那些东西，不到那儿去？此地我所崇拜的人，我所相信的人，——都是很奇怪的、孤零的人，——中间大多数，都是误会和滑稽的工作如蚂蚁样。这种生活我看到是很蠢笨的，是枯燥无味的。我时常看见，人们说的仁慈和爱情都是口头禅，在实际上对于自己还是要服从一般的生活秩序。

我曾经很困难过。

有一次，兽医拉佛诺夫——颜色黄黄的，瘦瘦的，全身都有浮肿——叹着气，告诉我说：

"为着把人类从疲乏的生活解放出来，需要努力地、残酷地去斗争，因为各个人和一切的人都被生活厌恶了，如厌恶可诅咒的秋天样！"

当时正是初秋，秋雨，微寒，富人正好害病和自杀。拉佛诺夫似乎中了毒样，也讨厌这秋雨微风，这时他的身体在这样的天气景象之中更加肿胀了。

兽医的房东，裁缝米里可夫，是个瘦弱的、善良的人，所有赞美圣母的诗歌他都知道。他自己生的孩子——女孩子七岁和高等小学生十一岁，有三个尾巴，而他的老婆又被竹尖堆伤了脚板，很伤感地说：

"世界的法庭判决我，仿佛我要变成中国人的生活形式，可是在我的生活里，除了在图片上看见了中国而外，什么时候也没有看见过中国人。"

他的工友中间有个人，很悲伤的、多血液的人，装作着"东基男人"叫喊，说着自己的主人：

"我怕那些心肠的人们，那些善良的人们。凶猛的人一下子就看到了，并且无论在什么地方也有时间去避免他，而善良的人一下爬到自己的面前，还没有瞧见他，仿佛一条凶恶的毒蛇，爬到柴内面，而忽而在最光亮的地方又伤了你的生命，我怕善良的……"

"东基男人"的话，简单的、滑稽的讥讽，对于自爱的米里可夫是正确的。

我自从离开了巡查官以后，就想过了这些问题。

风在呼呼地叫喊，只有路灯的火光在颤动，暗灰的天空也好像在颤动，他正以细如尘埃的十月之雨洒向大地。着了雨的妓女在街上拖一个喝醉了酒的人，抓住他，推他，他口中呻唔一些话，而又怨恨着，啜泣着。这女人疲乏地、哑声地说：

"你只有这样的命运呀……"

"怎么，我想了一下，谁个捉住了我，在一个不光明的地方扯拉，当时弄得很肮脏的、悲哀的和奇特的人了，这时我异常的疲乏了。"

这些事可以不去想它，但是这些思维在脑子内燃烧着，就是说这个悲哀的夜晚是我第一次感觉到精神的疲乏，像微菌到了我的心灵上。从这点钟起，我感觉到自己很糟糕，我去从他人和敌人的眼光来看我自己，自己觉得乏味。

我看到，在每一个人心中都有很复杂的和锐利的矛盾，不仅在口头上，而在行动上也是一样的，可是又觉得，他们的演进则特别的压迫我。我看到这种变化在自己方面，更觉得糟糕。各方面对于我都非常的严重——对于女人和书，对于工人和快乐的学生，但是，我无论在哪方面都没有成功，"一事无成"，仅是旋转着，正像独乐螺样，而谁都难忍受这种痛苦，但是我只得忍受这有力的生活压迫的痛苦。

当我知道杨可夫·沙波史利可夫病在医院的时候，我就到医院去看他，但是在那曲口拐角上，有个肥胖的女人，鼻梁上夹了一副眼镜，身上穿了件白大衣，红红的面孔，连耳根都是红的，没精打采地告诉我：

"快死了。"

我当时没有走开，可是没有说话，沉默地站在他的面前，她生气地说：

"噜？还想做什么？"

我也生了气和她说：

"你是傻瓜。"

"尼古拉，赶他走！"

尼古拉正用一块旧布擦一根什么铜杆子，他吼了我一下，并用铜杆子打在我的背上。当时我抱住他，把他一下抛到街上，坐在医院的石阶旁边水草上。他一下也没有动，默默地坐了几分钟，死死盯着我的眼睛看，而以后他站起来了，说：

"哎嘿，你是一条狗！"

我走到德尔文斯基公园，坐在那纪念诗人的石塔旁边的石头上，这时我深刻地感觉着我将怎么使这些无教养的、凶恶的人不要成人群中的害马，并且使我有权利去鞭挞他们。但是，这天虽是星期日，到公园来游玩的人没有，园的四周也寂无人声，仅是风在叫喊，把落叶卷在空中飞舞，电灯柱子上呼呼的风似乎播音机传播音乐样。

天空现出洁蓝色来，但有一股寒气将这公园笼罩着。有很高、很大的紫铜的偶像出现在我的前面，我看看这个铜像并且想：杨可夫也是住在地球上一样的人，他竭力去毁灭上帝的一切精神上的力量，但他死是死得平常的。在这里也许是很悲痛的，很不幸的。

"尼古拉走了，他还应该同我打，或者叫警察送我进牢狱去……"

我走到刘仆佐夫那儿去，他坐在自己的小屋内桌子旁边，在一盏小灯前面补着衣服。

"杨可夫快死了。"

老人拿着针把手伸起来，看看，想要画十字的样子，但仅是很快地用手做了一下，接着把针放下，轻轻地咕噜了一会。

然后叫喊着：

"这一切我们都是要死的，我们又这样的蠢笨，是的，老哥！他不知怎么的，也快死了，那个铜匠快要死了。在这个星期天。同些宪兵、学生，我们去看古力——聪明的铜匠！他同学生们在一起弄不清楚。你听到学生们骚动起来，真的吗？可是我什么也没有听见……"

他把自己的烂衣、针线都交给我，而自己，手放在背后，在房子内踱来踱去，等了一会又叫喊着：

"哎，此地什么地方有火光闪耀，而只有鬼在叫喊，更使人烦闷啊！这是个不幸的城市。只要火轮船行走，我是要离开此地的。"

停了一会，抓了一会头，问着：

"啊，到什么地方去呢？什么地方都去过。是的，什么地方都跑到了，而结果是辛苦了自己。"

吐了一口痰，他补充地说：

"噜，生活也是可恶，活着，而什么也没有活出来，不论在灵魂上在肉体上……"

他沉静了，站在门边屋角内，仿佛在注意听什么似的，以后他决然地走到我面前，坐在桌子边：

"我告诉你，我的马克西谟，杨可夫为着反对上帝，把自己的心血都费尽了。没有上帝，没有沙皇，将来好一点是不会的，若是我否认它们，而就要人们对于自己要生愤恨，把自己的生活颠倒起来，——唉，哎嘿，我老了，现在晚了，一切都快要停止了。苦啊，老哥！去吗？谢谢……我们一同到饭馆子内去，喝盅茶……"

我们往饭馆内走，路上黑，看不清楚道路，他抓着我的肩膊，咕咕噜噜：

"记住我的话吧，不能忍耐的人，任何地方都要愤怒，都要破坏，把自己弄到地狱里面去！没有忍耐……"

我们到饭馆去得恰恰不凑巧，饭馆内有许多水手在那儿打架，门首还有两个阿拉夫斯基的工人把守着。

"每个星期日此地都有人打架！"刘仆佐夫很嘉奖的样子说，当时取下眼镜，又叫着守房子的自己的同事，叫他快点捉住去打，很高兴地鼓舞煽动：

"捉住，花布呢卡！小蛙！压住身上！咿——哎嘿！"

这些水手们一拳去，一拳来，腿上、胸前，任拳头打去，使这个聪明的老人高兴与奇怪，好像对他增加了多少幸福。打架是没有罪恶的，是很快活的，可以尽所有的力量去大胆地干。在门旁边有一堆人都在厮打，工人们用着板子去打，猛烈地叫喊：

"打死那个秃头的军官！"

有两个在屋顶上，唱着特别委婉动听的歌：

"我们不是小偷，我们不是骗子，我们不是强盗，我们是船上的伙伴，是渔夫。"

警察的哨子在叫喊，那黑暗的当中有铜纽扣在闪耀，脚下是污泥，脏得不堪，而屋顶上又发出悦耳的歌声：

"我们投网在无水之岸，在商人之家，在地窖，在货栈。"

"站住！躺在地下是不可再打的……"

"老伯，捉住，紧紧地捉住！"

以后，刘仆佐夫，我，此外还有五个人，这是敌人或者是朋友，一起弄到禁闭室内坐着，在黑暗寂静的秋夜我们又唱起歌来：

"哎嘿，我们猎得四十尾梭鱼，他们有的还在乱跳！"

"在瓦尔卡的人民好到极点了！"刘仆佐夫很狂喜地说，鼻子轰轰的，眼睛挤了一会，又在我的耳边说："你跑就算了！把一分钟就跑了！你为什么要坐在禁闭室受苦呢？"

我和一个长长的水手，他在我的后面，我们爬过垣墙，走一条侧近的小路跑了，其他的人，以及聪明绝顶的李克太·刘仆佐夫，自这夜以后都没有会见了。

我的四周都是空虚的。这时候有种学生的风潮开始了。他们的思想我不了解，主张不多显明。我看见了一些虚荣，当时没有感觉到虚荣的兴趣，我想了一下，为着幸福去学习，就要在大学内能够忍受那些麻烦。若是给我提议：

"去，学习吧，但是为着这个，逢星期日，要到尼古拉斯基去，我们将来给你一顿暴打！"我诚恳地来接受这种条件。

我走进谢米诺夫的制饼干的作坊，当时我看见集合了许多制饼干工人，要到大学内打那些大学生：

"我们用铁锤去打！"他们用凶恶、欢喜的态度说。

我与他们争辩，与他们吵骂，但是忽然之间感觉到，我没有什么冀求，没有什么话去拥护学生们。

我还记得，当时我从地窖内走出来，我的心上有多苦闷，我想必须把它消灭才好。

到夜晚我坐在卡板河岸上，用石子往那黑水中间掷水漂儿，当时我想到了一句话，很不安地把它重复着：

"我做什么呢?"

从苦闷的当中去学校玩提琴，每天夜晚在店子内拉着它，可是小老鼠和更夫总要来扰乱我的音乐。我爱音乐，我当时特别努力去学习，但是我的先生——戏院内的提琴师——有一次正是上课的时候，——当时我从店子内出去了，——他打开店子内的钱柜，把他的口袋都装满了，我回来知道了，才把钱从他的口袋内又拿回来。我这时在门口看看，他低着头，表现出特别乏味的神态，脸上红红的，并轻声地说：

"噜，打吧!"

他的嘴唇战栗着，从无光的眼睛流出像油一般的，一点点的非常的大。

我想打这个琴师，可是我没有这样做，我只是把他那里拿回的钱放回钱柜内。他把自己的口袋翻了翻，向门外走去了，但是，走了几步又停止了。用蠢笨的和可怕的声音说：

"拿十个卢布来!"

钱我给了他，可是学提琴的事也就从此完结了。

在十二月我决心要自杀。我试写这样一篇小说：《自玛加尔生活事件》。但是我这篇小说写出来没有成功，笨拙、不精巧和缺乏内部的真实性。可是小说的结构上最宝贵的是要内部真实，恰恰在我这篇小说上缺乏这一点。事实上也是正确的，因为我所描写的人似乎对于我不多亲切，假说不讲小说在文学上的价值，那么他对于我是没有多大兴趣的，似乎我已经超爬了一步样。

在市场内买了一支左轮手枪，装好了四颗子弹，我对准自己的胸脯打了一枪，当时自己以为是打中了心上，但是只轻微的伤了一点，经过了一个月，非常的脸红，感觉自己不应当那样蠢，又重新到面包店内去做工。

过了不久，在三月底，夜间从面包作坊到店子内去，我看见掌柜的乌克兰人在房子内。他在窗子边一把椅子上坐着，口内含着一根很粗的纸烟，眼睛特别注视窗外天空中的云烟。

"你得闲吗?"他问了，不健康的样子。

"有二十分钟的闲暇。"

"请坐下我们谈一会儿。"

好似平时一样，他穿的是件黑皮的哥萨克的大衣，他的胸脯很宽，胡子也发光，嘴唇向前突出来，头发是黄的、短短的、尖锐的。在他的脚上有若干的痛苦，一只笨重的农民的皮靴，从这皮靴蒸发出来的气味特别臭而难闻。

"噜，"他很平静地和轻声地说，"你愿意到我那儿去吗? 我住在卡拉诺托夫村，往瓦尔卡河下去四十五个俄里（一俄里约中国两里），那边我有一个小店，你将来到那里帮助我在生意上照顾一下，这个店子搬出来还不久，我还有许多好的书，可以帮助你学习，你同意吗?"

"是的。"

"到星期五你就乘火船去，星期六早晨到库尔巴托夫码头，你问卡拉诺托夫村划船的华西雷·巴可夫，你这样记着吧，我将早早地在那儿等着和你相见。再会。"

他站起来，一只手握着我，而另外一只手放在怀里，拿出一个银手表看，又和我说：

"六分钟就完了！是的，我的名字——米海尔·安东诺夫·罗漫司。"

他走的时候，没有回头看，拖着一双笨重的脚，很魁伟的样子走了。

经过了两天，我去到卡拉诺夫村。

瓦尔卡河刚刚解冻，河里的水是污浊不堪的，灰色的脆弱的冰块在河里顺着水流着、旋转着，帆船向前追赶它们，它们相互碰击得刺刺地响着。风不断地一阵阵吹着，把帆船摇动如"浮标"样，三月间的太阳，躺在破碎的冰块上放出洁白的光来。帆船载了许多重的东西：桶子、麻袋、箱子。帆船上升得有帆，掌舵的是个青年农民班科夫，穿一件羊皮制的大衣，纽扣上有各种不同的花样。

在他的脸上是平静的，眼睛现出冷光，他沉默寡言，不大像个农民。苦苦斯金穿件破烂的农民的衣服，带顶皱皱的牧师的帽子，在他脸上有青斑和碰擦了的伤痕。很长的冰块散在他面前，他动气地骂：

"让开……你往哪里爬……"

我同罗漫司在一块儿，坐在帆下面箱子上，他轻声地同我说：

"我不爱农民，特别是富农！你此后也不会爱他们的。"

苦苦斯金把抓竿放在自己的脚边，转过来向着我们，很狂喜地说：

"特别是你，安东利奇，牧师也不爱……"

"这个是真的。"班科夫坚决地说。

"你对于他是个恶狗，是个喉中之骨！"

"但是我有朋友，你们将来可以有朋友。"我听到这乌克兰人的声音。

冷得很，三月间的太阳还不多暖和。在两岸有很多裸体树的枯枝在风中摆舞着，小丛林内，山的脚下都有不少的残雪和未融完的冰块。在河内的冰块，真正像一群白羊。我这时感觉到自己像在这群羊之间。

苦苦斯金把烟装好在烟斗内，用一种哲学家的口吻说：

"假定你不是神父的老婆，但是他依着自己的义务去做，他对于宇宙间一切一切的事物都会有爱情，如书上描写的一样。"

"这是谁个伤害了你？"罗漫司问着，然后笑起来。

"这样，人们有种什么黑暗义务的话，大概是骗子说的。"苦苦斯金很轻蔑地说了。又用种自傲的态度说：

"没有，只有正教徒们打我一次，这个是真的。总是我不能了解，我现在还是活着。"

"为什么打你？"班科夫问着。

"昨天吗？难道是——"

"噜，昨天？"

"是的，难道可以了解为什么打？我们人民是有毒的山羊，现在只要一点不满意，是可以打的！我以为自己这种义务，是蠢材！"

"我想，"罗漫司说，"为了你的舌头打你，因为你说话太不小心了。"

"或者是这样！我是个有些好奇心的人，一切的事情我都喜欢问。这个对于我是很快活的，可以听到许多新闻。"

帆船的前嘴一下撞在冰块上，几乎撞沉了。苦苦斯金拿住抓竿，把冰块拨开，班科夫用责备的态度说：

"你得注意你的工作，士捷泮。"

"你不要同我说话！"拨开了冰块，苦苦斯金口内咕噜地说，"我不能在干事的时候又要同你来说话……"

他们当时的争论不多凶恶，而罗漫司和我说：

"这地方很坏，没有我们乌克兰那儿好，但是人们却要好些，都是很有才干的人民！"

我很注意听他的话，并且相信他。我喜欢他心平气和地说话，而且简单、切要。觉得这样的人知道很多的人情世故，而自己又知道做人的范围。我特别的高兴，他没有问我"为什么自杀"，其他的一切，他都已经问过，这样更使我对于这个问题焦急。因为很困难答复。鬼知道为什么我决定要自杀。这个问题的答复又长又蠢，连自己也不相信，我只有哈哈的大笑。关于这个问题，一般的我是不愿回忆它的，因为在瓦尔卡这样好，这样自由，这样快乐。

帆船行到一个河岸底下，河的左边很宽，有很急的流水，船就一下撞进那沙草边上了。看看，好像水要冲进来了，于是快快划到一个小堆的边上去，忽然又遇到漩涡和崩土，以及流水的轰轰叫喊。太阳在微笑，喜鹊在它们的黑的羽翅上发出光来，站在它们的巢内，咕咕地叫喊。在受着太阳光热多的地方，许多草木的绿芽向着光明的阳光吐发。身体上是冷的，而在精神上很快愉，而且在这个时候，发生很多可爱的、光明的希冀，在地球上都是很愉快的。

在中午，船行到卡拉诺托夫村。在高高的峻峭的山上有个碧色的教堂，从这个教堂延伸至山麓，有许多好的、坚固的房屋，黄色的、狭小的屋顶和用芦杆盖的织纹闪耀着光辉，简单而又美丽。

我多少次想过这样的村庄，并且还有轮船从这村庄前面经过。

那时候我与苦苦斯金在一块儿，我开始搬东西，罗漫司从船边上把麻袋给我，说着："但是，力量你还有吗！"没有注视我，问着："在胸脯不痛吗？"

"一点不疼。"

我曾经很精密地感觉到他的问题，当时我特别不愿意，因为我自杀的企图有许多农民都知道。

"有了力量，可以说，胜任重点的职务。"苦苦斯金随便地说，"有个青年胆大的人，在什么省呢，年轻人？是下城人吗？也是为着面包焦虑。而且还要'注意茶叶，怕茶叶飞了'，这个对于你也很复杂的。"

这些山的中间，有许多小河，可爱的是不断的流水和银花雪浪。有个瘦弱的农民，穿件褴褛的衬衫，卷缩的胡须，红头发上面有顶很厚的帽子，沿着行船的河流，依着松软的黏土，摇摇摆摆地、大脚大步地走去。

当时走到河岸边了，他用响亮和亲密的口吻说：

"同我坐船去。"

持着一根大棒，把其他的东西放在船边上，轻轻地一跳就到船舱内了，于是用军官教操的口调说：

"把脚放在这旁边，行船不要坐船边，特别注意这些桶子。兄弟，到这儿来，帮点忙。"

他很漂亮，像画上的人一样，又像是很有力量的人。他的红红的面孔上生着个直而又大的鼻子，两只碧蓝的眼睛闪耀着。

"你受了寒。"易作特·罗漫司说。

"我？不怕。"

船划到岸边。易作特把眼睛死死地盯着我，问道：

"买卖人?"

"同他们剃头的。"苦苦斯金继续说。

"你的脸上怎么又受了伤呢?"

"你同他们干什么?"

"这是同谁?"

"而是他们打了……"

"哎嘿，你!"易作特说了，吐了一口气，又转向着罗漫司，"我远远地看见你划着，划得很好的哩。你走开一下，安得力奇，我在这儿躺一会儿。"

不错，这个人对于罗漫司的态度是一种友谊的，并且是他的保护者，可是罗漫司的年纪要大他十岁呀。

经了半小时我看到清澈的和安乐的新村的房子，这房屋的墙壁还没有裂痕和污秽的地方。有一个女人雄赳赳地站在那儿，正在弄午饭。乌克兰人从箱内拿了一些书出来，把它放在火炉旁边。

"你的房子在那角楼上。"他说。

从那角楼的窗子时常可以看到村庄，在我们的房子对面有一条沟，在沟上面有些小丛林。在这沟的后面，有个公园和黑色的旷野。他们从那些松软的小丘到森林去，到平原去。在那泞滑的澡堂屋顶上，有个灰色的农人坐着，一只手拿把短斧，而另外一只手放在口边，往下面凝视着瓦尔卡河，听着轧轧的车声、流水的音乐和母牛的嘶鸣。从那儿门口走出一个老妇人，一身都是黑的，她转向门内大声地说：

"你们都死了吗!"

有两个小孩，弄些石头阻在路上，一听见这个老妇人的声音，把一切都择掉了跑走了，而她，从地上拾块木片举在手上，吐了一口痰在小河内。以后，用她脚上穿的男人式的靴子，把小孩们的建筑破坏了，于是她往下，向河流走去。

似乎我将要住在此地？

叫吃午饭。易作特坐在桌子后面，把长长的腿伸起来，好像在说什么，但是没有说话，默默地瞧着我。

"你怎样呢？"罗漫司面上有些颦蹙的样子问，"说吧。"

"是的。一切都说过了，现在没什么了。好吧，这样决定：好好的去管理事情。关于巴林诺夫不要完全告诉他，他的话近于苦苦斯金的语言。你，老兄，喜欢捉鱼吗？"

"不喜欢。"

罗漫司谈了些关于必须要把农民和小园地的占有者都要组织起来，使他们从投机的商人手中逃跑出来。易作特注意听完了他的话，说着：

"等到你的生命完结时都不会给你的。"

"你瞧着吧。"

"是的，瞧着吧！"

我看看易作特，又在这样想：

一定的，加诺林和紫拉托夫斯基都描写过这样的农夫……应该去完成什么比较重要呢？或者现在我同人们去干那目前的事业呢？"

易作特一面吃饭，一面说着："米海尔·安东诺夫，你不要性急，好的事情在最近的时期是不会有的。要轻轻地忍耐着！"

当他去了的时候，罗漫司默想着：

"这是个纯洁的、慧敏的人。可惜少认识几个字，要他多读才好。但是自己去学习还不够。在这一方面你去帮助他吧!"

到夜晚，在店内他告诉我一些商品货物的价格，他又说：

"比较这村子其他的两个小店，我的东西要卖便宜些，当然，这个使他们不高兴的。集合许多人来打我，给我不少的损伤，以后我不住在此地了，将我找个另外的地方，对于做生意便利或者使我高兴。这个将来是你的面包店。"

我说："关于这个我将要考察一下。"

"噜，是的，要学学人们的聪慧，是不是这样?"

小店这时关了门，我们把灯提在手内，在屋内走了一转，在街上不知是谁也在那儿走，他的脚照着肮脏的地方踏得特别响，有时候在石阶上爬。

"喂，你听见没有？走！这个光棍米古是只凶恶的野兽，他爱干些恶事，正如一个美丽的处女喜欢卖弄风情一样，你将来同他说话要谨慎才好，就对一般人也应该谨慎。"

以后在房子内，拿起烟斗抽着烟，把宽阔的背靠在火炉上，眼睛一闭一闭，他把烟吐出来，在自己的胡须边萦绕，慢慢地用一种简单的、明了的言辞来说话，这时候我已经成了他的代理人，好像这样我青年时代没有浪费过去。

"你是有才干的人，你的生性又刚直，看看，将来是有希望的。你应该要学习，是的，这样吧，书籍是没有对人们关门的。有一个教徒，是个老头子，他坚决地说：'一切的科学，离开人类去了。'就是有病的人们去学习，他们蠢笨地去学习，但是科学还是给他们不少的知识。"

他介绍我，首先要了解农村的事情。但是在他介绍我的话之中，我已捉住那深刻的用意，对于我是有新的意义的。

"你们那儿的大学生多有喜欢唱关于对人民的爱，我说这个爱人民是不可能的。这正是爱人民的话。"

他的胡须表出微笑，用探讨的眼光来瞧着我，一步一步开始在房子中走来走去，他又继续说：

"'爱'，这个意义是妥协、客气，装作瞎子要原谅。这些对于女人是必要的，难道对于人民的粗野也可以装瞎吗？对于他们的思想错误也可以妥协，对于他的虚伪也要客气，对于他的兽性也要原谅吗？能吗？"

"不能原谅？"

"喂，你看看！你们那儿都是读的唱的尼克拉索夫的诗歌，噜，你知道，赶上尼克拉索夫你还远呢！为了你的生活容易、生活好，你要尊重农民。老弟，你自己本人虽然不坏，可是生活很坏，什么也不会干。野兽思念自己的生活，比你还聪明些，野兽保护自己，比你也好些。而从你，从农民，一切都在生长着，贵族、僧侣、教授、沙皇，这完全都是过去的农民。你看见吗？明白吗？噜……活着要学习，这是为着自己不成野兽……"

他到厨房里去，把开水炉子升起火来，然后把自己的书籍指示我，大概都是科学性质的：波加尔、莱易尔、卡尔特布尔、李卡、列波卡、德罗尔、米尔、士宾赛、达尔文。而在俄国的有：波撒列夫、杜波流波夫、却尔力舍夫斯基、普希金、邝却诺夫、尼克拉索夫。

他把这些书平平坦坦的放好，亲密地，像小猫样，大概是一种感动的叫喊：

"这是很好的书！而这个实贵难得，检查局要烧它的。你想知道国家有些什么，读读这个书。"

他给我一部霍布士的《列维松》。

"这本书也是论国家的事情，可是很容易了解，而且很有趣。"

马克维尔的《羁术》一书是表示特别有趣味的一本书。

然后他很简短地说明自己的事情：他是铁匠却尔列果夫斯基的儿子，有一次乘火车到基辅火车站，在那认识了一个革命家，加入了工人训练班的组织，因此被捕了，在牢狱里面坐了两年，以后又充军扬库斯基有十年。

"起初是与扬库斯基的住民在一块儿，住在天幕里面，我想，这算完结了。冬季在那儿，像鬼一般藏着，这样的，你想想，人的脑子还要凝结起来。可是那儿的人都很聪明。以后，在这个地方，有俄国人出现，彼此冲突也不多浓厚，总而言之还是有的！有许多新的人向那儿增加，因此也不多枯燥。当中有许多的好人。曾有大学生乌拉基米·科罗林可，他现在也来了。我同他们曾好好的住过，以后分散了。我们从表面上看来，彼此都曾不多相同，而从友谊上看，就有许多不调和的地方。可是这个是很严重的，刚直的人能做一切工作。他也会读书，我是不多高兴的。现在，听说他在杂志上写的一些文章都不错。"

很久了，他谈话到半夜了，看看他一下想同我坐在一列来。我是第一次真正好意地对待人们。在企图自杀以后，我的关系对于自己的力量有些低微，我感觉自己很微小的，在谁的前面都像是个罪人，所以我的生活是很觉得耻辱的。罗漫司也曾相同，对于人生是很了解的，这样很简单地对于我的生活前面开了一道大门，我是正直的。这一天是不能忘记的一天啊。

是期日，在午饭后我们的小店开了门，恰恰这个时候在我们的石阶上站的许多农民。第一个先出来的是巴林诺夫——肮脏的、蓬头乱发的一个人，长长的手像猴子一样，漂亮的、女人般的眼睛四处望着。

"在城内听见些什么？"他问了，很愉快幸福的样子，还没有等到回答，就遇着苦苦斯金在叫：

"士杰屏！你的猫又把鸡子吃了！"

那时候就谈到省长大人曾到圣彼得堡去朝见沙皇，为着要将一切的鞑靼人移居到高加索和土耳基斯坦两个地方去。对省长大人颇有一番夸赞：

"聪明的家伙！明白自己的任务……"

"你自己把这些东西凭空想起来的。"罗漫司气平声和地说。

"我？什么时候？"

"不知道……"

"你很少相信人的，安东利奇。"巴林诺夫说了，把头摇摆了一下，"我也很可怜鞑靼人，高加索是不容易住的。"

有个小小的瘦弱的人很慎重地走来，他的面孔是灰色的，把黑黑的口唇张起来，带一种病态的微笑，左眼不断地挤着，在他那战栗的眉毛之下。

"计算一下米古！"巴林诺夫笑笑地说，"夜间偷去了什么东西？"

"你的钱。"米古很高声的回答他，在罗漫司前面又把帽子取下来。

我们的主人和我们的邻居巴可夫从大门口走出来了，上身穿的上服，颈膀上围了一条红的带子，一双套靴长长的，好似熊掌，一个银的小链子挂在胸前。他用生气的眼光去注视米古。

"假使你，这个老鬼，将来你在菜园内向我爬着，我打断你的腿！"

"开始一般的谈话吧，"米古气平声和地说，又叹了一口气，补充了一句："怎样生活，假使不打死的话？"

巴可夫在骂他，而他又说："我是怎样的老了？今年四十六岁……"

"你受洗曾有五十三年了，"巴林诺夫喊叫，"自己说有了五十三为什么你又来撒谎呢？"

来了一个坚实的胡子老头苏士诺夫和一个渔夫易作特，这样集合了十个人。乌克兰人坐在店子旁边门口，拿起烟斗装着烟，默默地听着这些农夫谈话，他们都坐在店子前面的石阶上，与乌克兰人并列。

这天是很冷的，天空不多清明，还有冬季的霜露，浮云在空中游得很快，有许多影光在草上、在河面上沐浴，那些泡沫看去，使人的眼睛都昏迷。有几个少女穿的绮丽的服装，沿着街道，向着瓦尔卡河，经过那草地走去，裙子提得高高的，铁条底的靴子也露出来了。一群孩子肩膊上背着长长的钓竿跑着，那个坚实的农夫也去了，他透视在店子边的这一群人，默默地把个药筒和帽子举在手上。

米古利、苦苦斯金两个人很亲密地谈了一些不大明了的问题：

谁个最坏？投机的商人或贵族呢？苦苦斯金证明说："投机的商人。"米古拥护地主，而他说话声音战胜了苦苦斯金。

芬格诺瓦先生打拿破仑的胡子。而芬格诺夫先生，也会捉住两个羊子的尾巴，可是把自己的手弄坏了，而且嘴唇也有伤痕。"准备好吧！"睡在地下了。

"这样，你就躺下吧？"苦苦斯金同意了，但是又补充了一句："噜，这个是商人大过贵族……"

有教养的苏士诺夫坐在石阶的第一级上面，作着不平之鸣：

"农民在地球上成为不强壮人了，米海尔·安东诺夫！就是没有方法生活，每一个人都曾经向着实际努力……"

"而你给的是过去的，把过去的农奴的权利引上来。"易作特答复了他。罗漫司没有说话，把烟斗的灰在凳子上敲着。

我等待着，什么时候他才说话呢？我又注意的听了一些没有联系的农夫们谈话，这时候他已插入到那些谈话的农民中间，但是他还是平声静气的一言不发，并且坐着也不动，随着，起了风把水卷到小渚草地上，把云一层一层地驱使着，压迫它们成为一块一块的浓厚的乌云。在河内有轮船在放着哨响，下面有手琴在叫喊，有少女在唱歌。在下面街上有个醉鬼沿着街走，把手摇摆着，他的眼已经不自然了，在草地上跌下来了。农夫们说话都很慢，在他的话中是有不少的悲伤的，我也轻轻叹了一口气，因为这样冷的天气还要落雨，我又回忆到城市内不断的扰攘，它的各种各种的声音，小小的人快快地在街上跑着，说话就是吵架，似乎精神错乱不堪的样子。

夜间，我们饮着茶，我问乌克兰人："什么时候他同农夫们说过话？"

"关于什么问题？"

"啊嘿，"他说："好好地注意听着我的，噜，你要知道，若是我同他们说这些，那么还要到街上去，我还要出发到杨古斯基……"

他把烟安放在烟斗内，慢慢地抽着烟，一下子弄成乌烟绕屋，镇静地谈了关于农民的问题——农民是诚实的、多疑的人。他疑惧自己，又疑惧邻人，而特别是外人。三十岁还没有过去，而给他这样的一种意志。每个四十岁的农民生的农奴都记得这个。什么是意志？很难了解。单纯的讨论"意志"这个意义：我活着，好像是我愿意的。但是，各级上司长官都是妨害人的生存的。农民从地主之王解放出来，现在，沙皇又是唯一的在农民之上的一个统治者。重说一句：这是什么意志？将来有一天到来，那个时候沙皇会来说明，什么是意志，农民是很相信有个好的沙皇存在，他才能够统治全地球以及地球上的财富。他把农民从地主手内解放出来，还可以把轮船和商店从投机的商人手中解放出来吧。农民，他了解沙皇：许多许多的统治者都是混蛋，然而有一个是好的。他期待着，期待这一天的到来，那个时候沙皇要解释意志的意义与他来听。这个时候，任何人都能满足。每一个疑惧的，每一个自己内部生活不安的，但是这一天完全是愿意的，不会逃避这一天的。可是又自己疑惧：许多所希望的而又能实现，而你如何去取得呢？许多人都像同一件东西。对于各级上司长官也是一样，对于农民是敌对的。但是，没有这些长官是不可以的，一切都会改变，彼此就会相打哩。

怒风一阵一阵刮到玻璃窗子上，街上被灰色的云雾笼罩着，在我的心灵上也是灰色的。枯燥乏味的、平平静静的、小小的声音说：

"去煽动农民，叫他慢慢去破坏沙皇的政权，把它拿在自己的手内，告诉他，人民应该有权从自己的队伍选出的长官、省长，以及沙皇……"

"这个还要一百年！"

"而你想想是只有向着死的一天。"贺哈尔用庄严的态度问。

夜晚他到什么地方去了，在十点钟的时候我听见街上放枪，与他奔走的地方是很接近的。在浓雾的笼罩下，在大雨如注的刹那，我看见了，米海尔·安东利奇向大门走来了，四周的水流得不急不慢，他只是大大的，一个黑堆。

"你做什么？我放了一枪……"

"打谁？"

"在那儿，有个什么棒打在我的身上。我说：'走开，我开枪的。'他没有听见。噜，那个时候我向天放了一枪，没有打伤他……"

他站在空屋内，脱着湿的衣服，用手拭去胡须上的水，鼻孔的"轰轰"好像马一样。

"鞭子也坏了，我是很倒霉的啊！要换过一双才好。你会擦枪吗？请你把它擦一下，涂上一点油……"

他的灰色的眼睛直视着，他的沉静不动的态度使我狂喜。在房子内，在镜子前梳洗自己的胡须，他同我说：

"你在这村庄上要慎重，特别在逢节期的那一天夜晚，你不相信，也是要挨打的。但是棒可不要带在身上，这是挑拨了那些混蛋，并且引起他们一种不好的意思，以为你是——惧怕。而惧怕——是用不着的！他们自己是最胆怯的人……"

我开始住在那儿很好，每天都可以得到一些新的和重要的东西，我贪读多的书使我慢慢地去自然了解。罗漫司教导我：

"马克西谟，这个首先要好好地去了解，人类的聪明、才智都在科学里。"

每个星期三夜晚，易作特要来，我教他数学。开始的时候，他不多相信我，对我时常冷笑，但是教了几课以后他很亲密的说：

"你解释得很好！先生，你回当过教员……"忽然又继续说：

"你仿佛有力的！把一根棍子让我们两个来拉一拉。"

从厨房内拿了一根棍子来，我们坐在地板上，脚对脚，各人都用力拉棍子，想把对方拉得立起来。贺哈尔对我们生气地说：

"啊，何如？真是无聊！"

易作特把我抱起，这个玩意儿，我们还是觉得有点趣味。

"不要紧，你还很好！"他安慰我，"可惜，你不爱捉鱼，而可同我到瓦尔卡去，到夜晚，在瓦尔卡河边，那是天国啊！"

他热心地学习，得着很好的特殊的成绩。有一次，正在上课的时间，他忽然之间站起来，拿起一本书，举在眉毛上，很急迫地读了两三页，然后对我看着，带一种感慨说：

"我读他妈的！"

他又重复地说了一句，把眼睛闭着：

"惋然是慈母伏在在儿子的坟墓上，
惋然是寂寞寒夜的孤雁咽呜样……"

他有几次大声地谨慎地问：

"老哥，你给我好好地解释，这是怎样发生的？看看这些魔鬼的人们，而他们创造了这种语言，我知道他们的语言是活的。要是这一幅画面存在的，那么，我们是会了解的。而此地，仿佛这种意思深刻地印入了，这个怎么样呢？我怎样能够答复他呢？人类的苦恼我不知道哩。"

"魔术。"他说了，叹了一口气，又看看书本上的插画。

在当时他是很快活的，天真烂漫，好像小孩一样。他把书上所描写的一般光荣的农民事迹，他统统记着了。

如其他的渔人样，他曾经是诗人，喜欢瓦尔卡，寂静的深夜，孤独的一个人，去自思自省他的生活。

他看看天上的星儿又问：

"乌克兰人说的，那儿，有人在那儿住的，如同我们在地球上一样，你想怎样，这个是真的吗？给他们一些星子，问问怎样活着。还说，好过我们，比我们快活……"

实际上，他对于自己的生活是满意的。他是一个孤儿，自己的生活也没有任何人可以依靠。他爱捉鱼。但是他对于农民是一种敌对的关系，他先同我说：

"你不要看到他们的亲密，这是狡猾的人民、伪妄的人民，你不要信他！他们今天对你这样的，而明天又是另外一回事情。每一个农民都只看到自己，而社会公众的事情都认为是一种劳役。"

这种仇视的心理，在人类柔软的心灵上是很奇怪的。关于"强夺"，他说：

"他们为什么比其他的工人有钱？因为聪明。你这个傻子，记着，若是聪明的农民应该友谊地聚集在一块儿，那个时候他就会有力量！他们散居在农村内，好像一盘散沙，你说有什么办法！自己相互敌视，这个是有罪恶的人民。可是乌克兰人要与他们要好……"

他美丽、有力量，非常地喜欢女人，而她们却战胜了他。

"当然，我在这点是怠慢的。"他善良地忏悔说。

"对于男人们，这是一种凌辱，而我自己也时常居于侮辱的地位。可是，女人总不得不要。女人，她在生命当中，好像是第二灵魂。她活着……没有星期日，没有拥抱，工作着，努力地工作着，好像一匹马样，除此以外没有什么。没有一个时候被男人爱过，而我是一个自由的人。有许多女人在结婚的第一年以后，就吃了男人的拳头。是的，在这里我是一个罪人，我是溺爱她们的。关于这一点我倒要问你们，女人，只是彼此不生气，使我一切的一切都满足了？不要妒忌其他的人，完全同我一样，一切我都愿意……"

在胡须上现出一阵混乱的笑容，他说：

"我有一次从城内往郊外去，同一个少妇一路，我一点也没有调戏她。少妇是个美丽的女人，白白的如油奶样，而头发好似亚麻。眼睛是深蓝的，态度是善良的。我卖过鱼给她，她的完全我都瞧过。'你怎样？'她问着。'你自己会知道。'我说。'噜，好的。'她说，'夜晚我到你那儿来，等着哩！'真的哩！她来了。只是蚊虫妨害了她，蚊虫咬了她，噜，我们也没有失去什么。不能。说着，咬得很厉害，只差一点没有哭起来。经过一整天，她的男人来了，命运就是这样。他们怎么样，少妇悲惨地坚决同他完结了。蚊虫扰乱他们的生活……"

易作特夸扬苦苦斯金：

"是的，看看农民，这个很好的精神！不爱他，才是枉哉！"

苦苦斯金没有土地，同一个农村做工的醉鬼女人结了婚。这个女人小小的，但是很凶恶和有力而且敏捷。他把自己的房屋让给铁匠工人住了，而自己住澡堂房子内，在巴可夫家内做工。他很爱新的，那个时候他们没有想象各种的历史，他们时刻都不能逃去这一个罗网。

"米海尔·安东诺夫，你听见没有？纪可夫斯基队长到厅里做和尚了，辞去了自己的职务。还是没有希望，农民得到休息，在安息日！"

乌克兰人很郑重地说：

"这样所有的官吏由你解散了。"

村子内有一种煮食的、油熬的气味，苦苦斯金顶着一头乱发思量着：

"一切也没有失掉，而他们还有点良心，当然，有他自己的严重的任务。安东利奇，你不相信，我看良心是有的。若是没有良心，就是决定的慧敏也不能生活着。这样的场合，你听一听。"

关于"慧敏"，又插了一句说：

"有这样的凶恶的贵妇人，有一次省长到她家来做客，而不尊重自己的高等职务。贵妇人将来要慎重一些，在最高的场合，听一听，有说关于你的下贱、凶恶，并且在圣彼得堡已经有了成功！她当然是殷勤款待他，而她自己说：'你到上帝那儿去，我是不能改变我的性格的！'三年以后，忽然之间她召集一些农民：'把我的土地都给你们，和你们永别了，请你们原谅我，而我……'"

"到修道院去了。"贺哈尔证明说。

苦苦斯金用特别紧张的视力看到他，他很相信：

"对的，到尼姑庵去了！以后关于她的事情听见没有？"

"什么时候也有听见。"

"啊，从什么地方你知道？"

"我知道你。"

幻想家怨恨不平，摇摇头：

"到什么时候你都不相信人……"

时常是这样：腐败的、罪恶的人演成了许多罪恶和"堕落无救"，但是苦苦斯金时常送他们往修道院去，好像送秽物到垃圾桶一样。

偶然一下他有一种奇怪的思想，他忽然皱眉苦眼地申明说：

"我们说这鞭挞人是无益的，鞭挞人比我们好！"而关于鞭挞的事情，谁也没有人说过，在这个时候，所说的是关于小有园地者组合问题。

罗漫司说着关于西伯利亚的事情，关于西伯利亚农民信仰上帝，但是忽然之间苦苦斯金怨恨不平：

"假设鳗鱼两三年不去捕它，它将要生长若干多，把它从海边放下去，这是最著名的鱼啊！"

这个村内的人都认为苦苦斯金是个空乏无知的人，而他的说话和奇特的思想都有愤怒到农民，引起他们对他的讥笑和侮骂，但是他们听他的说话都是时常有兴趣的、特别注意的，好像期待他的真理的发现样。

"牛皮大王，"——一个坚实人的声音——温雅的巴可夫认真地说："士杰屏，是个说隐语的人……"

苦苦斯金是很有才干的工人，他是泥水匠，修炉子的，会养蜂，晓得做烤面包，教女人学养鸟的人，总之是个精细能干的人，这一切他都有成功，虽然他的工作迟钝，可是这有爱玩的恶习。他爱猫，在他住的澡房内有十个兽物，他用乌鸦、小鸟来作为它们的养料，当猫吃了鸟儿的时候，特别加紧对于自己一种否定的关系。他的猫咬死了小鸡、雄鸡，而女人就要打士杰屏的这些兽物，残酷无情地打它们。在苦苦斯金澡堂内时常听到苦闷的主妇打得扎扎的叫喊，但是没有听见他的话：

"蠢东西，猫，——狩猎的兽物——它比狗敏捷。所以你打鸟儿来养它们，生长到一百个猫的时候，将来卖了它，给你很大的一笔进款，蠢东西！"

他认字，懂文法，但是忘记了，而回忆它又不愿意，他是恃着天性的慧敏，他很快地把乌克兰的说话本意抓住了。

"这样，这样，半分眼，好像婴儿一样，吞下了苦的药水。是的，暴虐的伊凡对于小百姓也是无害的了。"

苦苦斯金、易作特和巴可夫夜晚到我们小店内来，时常坐到半夜三更，听乌克兰人说关于宇宙的构成、外国的生活、革命失败的人民。法国革命对巴可夫很有兴趣：

"这个是现代生活的改革。"他很和善地说。

两年以前同他的父亲分离了，他的父亲是有钱的农民，大腹便便和一副突出来的眼睛。他"恋爱"着易作特的侄女儿，想维持他的尊严，但她穿的大衣又是城市的。有一次在新村经过，无礼地吐了一口痰在她的身上，父亲骂他顽皮无礼。巴可夫给罗漫司借钱，在小店对面村子内建了一间房子，他们不知道他为是这件事情，他同他们的关系在表面上很平淡的，嘲笑他，而同他们是一种奚落讥笑。乡村的生活束缚了他：

"如果我知道修理旧的机械，就去城市住了……"

保藏的时常都是干净的衣服，他保持这强健和自爱！他谨慎、聪明、狐疑。

"你从良心上，为着这样的事情设想过？"他问着罗漫司。

"啊，你怎样在想？"

"没有，你告诉我吧。"

"依着你的，怎样好些呢？"

"不知道！啊，依着你的意思呢？"

贺哈尔总之要吐出一些强迫农民的话来。

"比较好——有知觉的这是当然！有理智而没理由是不会生存的，而在什么地方能利用，什么地方的事业就要坚固。良心是给我们很不好的一个顾问。依着良心，我这样事业是会不幸的！牧师一定会主动说，不要浮华，什么地方也不要！"

牧师，是罪恶的人，是个吃血的动物，这是给巴可夫的酵母，使他同他的父亲争闹。

开始巴可夫对于我的关系不多好，也可说是一种仇视的，并且用一种主人的口调叫着我，但是很快的，在他心中把这个消灭了，可是我感觉到，他还有点隐瞒着对我的不相信，总之巴可夫对我是不高兴的。

夜晚是我很好的一个纪念，在小小的、清净的、木头墙的房子内。窗户是紧紧地关着的，桌上点着盏灯，在灯的前面闪出一个大胡须和平日紧张的人，他说：

"生活的本质在此，就是现在的人完全脱离了兽物的生活了……"

三个农民都注意地听着，眼睛都是好好的，脸上都是聪明的。易作特坐着经常是不动的，好像隔老远的听着，只有他一个人听着。苦苦斯金旋转着，真真正正蚊虫在咬他，而巴可夫，抓着自己的光润的胡须，沉静地思量着：

"是的，总而言之要破除人民中的一切等级。"

我非常高兴，巴可夫无论什么时候也没有同苦苦斯金——自己的雇工——这样的粗鲁的说过，和注意听着这快活的虚构的幻想家。

谈话会完了，我到自己的角楼上去，在那儿瞧着，在开着的窗户边，凝视到那睡眠着的村落和旷野，那儿都被寂寞、沉默的空气统治着了。星的光辉透过了夜雾，愈是接近地面，愈是离我远。我的心灵感觉到异常紧张，而我的思潮无有边际的在奔放着，我看见千百万的村庄沉睡在平坦的地面上，寂寞对于它的紧压如同我们的村庄一样，似乎一切都停止了运动，寂静如坟墓一样。

萦绕的烟雾，有一种暖和的空气把我包围着，这时似乎有千百看不见的蛙虫向我的心灵深处咀嚼，渐渐的，我感觉深入了梦境，把我卷入到惊人可怕的漩涡之中去。我在地球上好像微小得不可比拟……

摆在我前面的乡村生活是没生趣的。我听见和读了许多短短的故事。说住在乡村的人要比住在城市的人强健、坚实。但是我看见农夫们在无间断的各种劳动中，在他们之中许多人都是不强健的，遇着那些有害的工作，他们没有一个人是愉快的。城市的工人和手工业者，虽然做了不少的工作。活着还是快活的，不像农夫们那么苦愁不堪，为生活所疲惫，好像这些人的苦恼是天生的。农民的生活与我不多适宜，生活要求你特别注意土地和许多奇奇怪怪的对于人的关系。这个不健全的、不幸的生活：实在的，一切乡村住的人好像苦人样，在暗中摸索着，一切他都惧怕，彼此不信任，好像狼要去吃他们样。

我真不了解，为什么他们不喜欢乌克兰人，巴可夫和所有"我们的"人类，他们应该愿望有理性地活着呢。

我确实见到城市的卓越，渴望着他的幸福，大胆地探求理智，有他的种种不同的任务和目的。时常，在这样的深夜，我忆想起两个市民：

虎·卞鲁景和刺·列伯义。他们修理钟表店，可以接受修整各种不同的机器：外科手术的器具、缝纫的机器，一切的机器以及其他。

这个招牌挂在一个小小的店子的窄门上，依着门那边的窗户覆上了尘埃。虎·卞鲁景一人坐窗户边，秃头，在头盖骨上有个黄的瘤节，眼睛戴的长光镜，圆圆的，精密的。他不断地用小小的钳子在钟表的机器上剔着，或者是唱着歌谣，张开圆圆的口，隐匿在白毛刷一样的胡须底下。刺·列伯义坐近另外一个窗户，头发卷卷的，黑黑的，一个大大的钩鼻子，尖锐的胡子和大大的眼睛，好像一个梅子，瘦瘦的，薄薄的，他好像恶鬼一样。他正在分解和整修一个小小的东西，这时候，忽然低低地叫着：

"Tra Ta-Tam, Tam, Tam!"

在他们背后面堆积着许多旧废的箱子、机器、车轮，在两边都有各种形式的铜的东西，和许多的钟表在墙壁上"嘀嗒嘀嗒"地摆着。我准备看一整天，看这些人怎样工作，但是我的身体高大，遮住了他们的光线，他们看着我奇怪的样貌，挥着手赶我走。当我走开的时候，我羡慕地想着：

"这样的幸福一切都会做！"

我尊敬和信任这些人，他们知道一切机器的秘密，并且能修整。这个是人啊？

乡村是不高兴我的，农民不会了解。村妇们经常病中可怜，她们"心口刺得痛的"、胸腔痛的，和经常"腹内痛的"，关于这些他们都大大的爱谈，每逢星期日坐在自己的家内或者在瓦尔卡河畔。一切一切的女人都是一样，很奇怪的就是容易愤怒、吵闹，彼此相互的辱骂。从打破了一把土壶，价值二十个哥比，弄得三家人用棒打起来，老妇人打断了手，少的打破了头，这样打架的事件每个星期都有。

青年们对于天真烂漫的少女们施行些下贱无耻的动作加在她身上：把她们拉到田里，把裙子倒提上来，紧紧地蒙到头上扎起来。这还有个名称叫作"处女开花"。从腰下都裸体着，女孩们叫喊、乱骂，但是，她们也还是欢喜这种游戏的。的确是，她们穿着自己的裙子的时候是慢慢的，慢到不可再慢的程度了，在礼拜堂做晚膳的时候青年们要刺女人的臂部，大概他们只是为着这个才去礼拜堂的。在礼拜日，牧师要在讲经台上说：

"畜生！对于你们无教养的动作难道没有另外的所在吗？"

"乌克兰的人民，在宗教中是有大大的诗意的，"罗漫司说，"而在此地，在上帝的威信下，我见到的只有粗暴根性的老妇和贪欲的人。这样的事情，你会知道的，对于上帝有真实的爱情，有狂喜的赞美。这在此地，至少在此地是没有的，或者说还是好的，很容易从宗教的麻痹中解放出来，因为宗教是偏见、固执、保守、有毒害的东西，我告诉你！"

青年们自傲自慢，但是卑却懦强，已经有三次他们试想要打我，夜晚在街上追随我，但是没有给他们成功，仅仅有一次他们打了一棍在我的脚上，当然，关于这样的小战争我是没有向罗漫司说的必要。但是，有一种标志：我走路有些跛，不自然，他当然是可以推想是一回什么事情。

"这样，总之是领到了赠品吗？我告诉过你呢！"

虽然他没有提议要我去散步，但是有时候我会到瓦尔卡河畔走走，在杨柳树下坐坐，看看那透明的天，暮夜间低低的从河上照到草原。庄严的瓦尔卡的河水不急不徐地流着，可是看不见镀金的太阳光线，而只有死的月光反射着。我不爱月亮，她含有一种可怕的罪恶，好像疯狗样，她能唤醒我的悲哀，引起我的伤感。使我很惊喜的，当时我知道，她放出来的光不是她自己的光，她是死的和无光辉的，在她那儿是没有生命的。她的居民是只有铜质的人们，他们躺在三脚架上，循环运动着和消灭着，发出殉教者的叫喊。在她那儿，一切都是铜的，植物、生物，一切都是没终止，优美的叫喊，敌对的地球，企图以罪恶来反对她。我会好好地知道，她是一块空地沙漠在天空之中，但是，总希望着有一个大大的流星落在月球上，用最大的力量，一下打出火光来，使得她成功，在地球上有自己的光辉。

看看瓦尔卡河的流水就好像一条锦缎炼的花带，从那边远远的暗处发生出来，到那一条山边阴影底下消失了，我感觉到我的思想之勇敢和尖锐了。那些奇怪的、无知的语句之容易记忆是与并进了。支配着许多水的运动的大概是沉默吧。从那黑暗的、广阔的道路下来了一只轮船，奇特的就像有火的翅膀的鸟样，跟着她的后面有轻轻嘈杂的声音，好像羽翼忍受沉痛一样。在草丛的岸边有火花闪耀着，从它照在河水上放出一种奇异的红光来，这个给了渔夫们捕鱼的便利，可以设想，从天空放下一个球在河中，并带着火花在这水上面。

从书本上又发展了许多稀奇的幻想，这种且真实性的想象构成了一幅美丽无比的画面，和夜间跟着河沿在轻微的空气中像真正能够游泳样。

易作特到我这儿来，他在夜间还是强健的，还是大大的快悦的。

"你又到此地？"他问我，坐在我一列，坐着好久，尽量的沉默不说话，从河内看到空中，抚摸那稀疏的、金色的胡须，然后妄想着：

"只要暗记、计算，依着这河的纵长走去，将来就会完全知道这河有多少长！我将来也可以教人呢！是的，很好，老哥，把人与灵魂分开！可是村妇们——有几个村妇，——要是同她们说灵魂的事情，她们是懂得的。不久以前有个女人在小船上同坐，她问着：'将来同你怎样呢，什么时候才会死呢？'不相信，既不相信地狱，又不相信天堂。你看见了吧？他们，老弟，也是这样……"

没有找出话来，他沉默这最后又补充一句说：

"活的灵魂……"

易作特是夜行差，他好好地感觉到美丽，好好地论说女人的事情，说话是用的小孩子的幻想的语言。对于上帝，他不相信有这样一个老人存在，虽然有教堂表示出他自己的伟大，·有教养的老者，善良、智慧和世界的创造者，但是他不能战胜和征服罪恶，仅仅是因为他没有功成，许多许多的人生出了痛苦。噜，有什么要紧，他还是泰然地赞美着，你瞧吧！基督教是怎样的我不了解。她对于我没有什么关系。若是上帝是有的，噜，那么也很好。而此地还有一个上帝之子。上帝那里少了这个儿子吗？上帝是不死的……

但是易作特时常都是坐着不说话，当他想着关于一件事的时候，这时候他叹了一口闷气，说：

"是的，原来如此……"

"什么？"

"这是我自言自语……"

他又叹了一口闷气，去注视那模糊的远方。

"很好的，这个生活！"

我当时同意了：

"是的，很好的！"

黑黑的水在流荡着，水上现出一条曲折的、银色的星河，有金色的、云雀般大的星儿闪耀，我心灵的深处似乎不自觉地思念着一种不可想象的生活。

远远的草地上从淡红的云彩中反射出太阳的光来，好似那孔雀的尾巴。

"这个太阳很奇异哩！"易作特响亮的说，并且现出一种幸福的微笑。

苹果的花，玫瑰色的云和难闻的臭气把村庄笼罩了，这种臭气透遍各处，好像畜粪一样的臭。千百株的花树都穿上玫瑰色花瓣的礼服，整整齐齐、一列一列由村庄到野外。在月明的深夜，温和的微风之中，蝴蝶在花朵上震撼，可听出低微的声音，整个的村庄都溶化在可爱的金色中。在夜景的引诱中发出一种不自觉的无规则和暴躁的独唱，而在白天现出焦虑深思的斑点，也看不见在地面上不断出现的云雀，有的只是自己低微的呼吸和声响。

每逢节期和星期日夜晚，少女和青年都到街上去游逛、唱歌，把口张开好像青鸟一样，狂醉一般的微笑。易作特同样的也是要微笑的，笑起来真正就是酒鬼，他如蒲柳一样的瘦弱，他的眼睛凹陷在两个黑洞内去了，脸上更表现得严重，但仍是美丽的黄金时代。他白天整天的睡觉，只有到夜晚他才在街上出现，很忧虑地、沉静地默想。苦苦斯金是很愚顽的，但是他们之间是很亲爱的，而他混乱不安地笑着说：

"默默不言你是知道的。你究竟怎样干呢?"

又狂喜地感叹着：

"啊哎，醋密的生活！另一方面，到死的那一天你不会忘记，星期日是第一个回忆！"

"看吧，许多男人要打你。"乌克兰人占了他的优先权，同时又亲密地笑着。

"这样也好。"易作特同意了。

大概每天夜晚，我们都要一块儿在公园内、在野外、在河岸上去唱歌狂游，米古的声音像巨浪一样，他很会唱歌，有许多农民在他后面附和送他。

每个礼拜六晚上，我们店内有许多人都集合在一块儿，老人苏士诺夫、巴林诺夫、铁匠卡尔托夫、米古都是要到场的。大家都坐着并想些谈话的材料闲谈。他们出去大概都是要到夜半，有时候无耻的酒鬼——时常又是另外的——兵士科士金，这个人只一只眼睛，左手上两个手指没有了。扭着手，挥着手，挥着拳头，像一个门外汉走到我们的店子来，嘎嘎地说：

"乌克兰人，有毒的民族，土耳其的宗教呀！你答复我，为什么不到教堂去，啊？异教徒的精灵！人类的暴徒！答复我，谁像你这样呢？"

他嘲笑说：

"小老鼠，你为什么把自己的指头弄掉了？瘟狗有点害怕吗？"

他想爬起来打人，可是他已经被捉住了，拖到沟边叫闹，像一个蛇螺旋似的转着，他不能忍耐地叫：

"卫兵！杀死人了……"

然后他完全在灰尘土内乱爬，想爬到乌克兰人烧酒罐边去。

"想做什么？"

"想得着安慰。"科士金答复说。农民们都友谊的哗然一笑。

有一天早晨，在星期日，当时女厨师把炉子内燃烧了的柴取出来放在水内，而我当时在店子内，厨房内充满了烟气，店内也震动了，用秤锤将玻璃打破，落在地板上像鼓一样的响。我往厨房内跑，从房内有一股黑烟突腾出来，过后有种咝咝的响声，乌克兰人把我的肩膀抓住：

"站着……"

弄饭的女人在房内呜咽。

"唉，蠢材……"

罗漫司在烟中听着，有什么轰响、吵骂和叫喊：

"搬家呀！水呀！"

厨房的地板上有燃柴，有火光，火砖躺在那儿，火炉内是空的，好像扫洗了一样。在烟雾中找了一桶水，我把地板的火打息，把柴再放在火炉内。

"很严重的事！"乌克兰人说，当时把弄饭的女人手捏住，又把她引到房内去，用叫操式的口吻说：

"把店门关上！很危险的，马克西谟，再能毁灭一下……"坐在凳子上，他才开始看了四周围的余火，以后把我放的柴从火炉子内抽出来。

"你做什么？啊，有什么！"

他很奇怪地看着我，我当时看见，他的内心已卷入混乱的漩涡。

"你知道吗？他们——那些鬼东西——开始把火药放在我们的炉子里，瘟不死的瘟狗！噜，能做一餐特车药吗？"

把柴搬到一边，他才开始洗手，当时说：

"很好，阿克雪伊去了，但是他负了一点伤……"

含有酸味的烟慢慢散去了，屋内也明亮了，食具器皿打破了不少，窗户台上的玻璃完全没有了，而火炉的砖也弄掉了。

在这个时候，乌克兰人多不高兴我，他以为这种事情不能不使他生气。小孩子在街上跑，有一种叫喊声：

"乌克兰人家中起了火！烧起来了！"

妇人哭叫，阿克雪伊从房中发出警号来叫喊。

"到店子去，坏了，米海尔·安东利奇！"

"噜，噜，安静些！"他说了，用手巾去揩揩自己的湿胡须。

在开着窗户的房内可以看见一个老人：红的头发，大大的眼睛，在烟雾中被谁激怒着，轧轧的叫喊：

"从村子内赶出他们去！他们是些可耻的东西！不清洁的人！什么东西，阁下？"

有个小小的红色的农民，嘴唇在微动，试想从窗户口爬进去，而又不可能。他右手拿着一把斧头，而左手抓住窗户下面，一下破坏了。

手内捏一块木柴，罗漫司问他：

"你想到什么地方去？"

"婆婆叫我来打火的……"

"没有任何地方起火……"

这个小农民，很惊疑地把口张起来，立刻就走了，而罗漫司到店子旁边去，捏着一块柴，对一群人说：

"你们中间是谁把火药放在我们的柴中间的？但是这火药少了，没有发生效力……"

我站在乌克兰人后面，听着并瞧着着一群人，好像有个农民惊恐地说：

"好像是他在柴上的……"

而士兵科士金已经是醉鬼了，叫着：

"把他赶出去，邪教徒！到法庭去……"

但是大多数人都沉默不说，完全把是视线集中到罗漫司身上，以不信任的心理来听他的话。

"为着要破坏毁灭这个房子，必须有很多的火药，至少也要请拿一普特！噜，去吧！……"

谁个这样问：

"村长在什么地方？"

"要警察长！"

人们都忍不住了，都不高兴，似乎立刻有什么祸事来到……

我们进来喝茶，阿克雪伊说着，带一种亲密的、温和的态度，好像什么时候也没有表现过的，而又同情地注视到罗漫司，又说：

"你们不要允许他们，他们是些无礼的。"

"这个你没生气吗？"我问。

"每一件蠢事都要生气，没有这多么时间。"

我这样想着：若是一切的人都是这样心平气和地做自己的事也好！

他已经说过，很快的要到检查去，当时还问过，什么书可以带去。

有时候我认为，这个人有种实际的精神立场所在，如在钟表上某种机件样，能够一下影响到全部的生活。我喜欢乌克兰人，我尊重他，但是我也愿意他发我的或其他什么人的脾气，叫骂和跺脚。可是他不能或者不愿意发怒一下。有时愤恨和鄙视他，他只是在灰色的眼睛里笑一下，或者极简单地说一下，冷酷的语言，时常都是很单纯的，没有惋惜。

他这样问苏士诺夫：

"你是一个老人，为什么你良心是不正确的啊？"

黄色的颊和老人的口唇都渐渐涂染成苍白色了，他的胡须根儿都白了。

"这里对于你没什么利益，而你反而失掉了尊严。"

苏士诺夫低着头，同意了：

"对的，没有什么利益！"

然后又告诉易作特：

"这个是正义的人！应该选举他做上官。"

很简单的，罗漫司只是感觉到这样，我就是没有他也应该去做，况且对于我，他已经忘记了，好像忘记了一只苍蝇样。

巴可夫来了，特别对炉子看了一看，愁闷地问：

"不害怕吗?"

"噜，怎么地?"

"战争?"

"坐下来喝茶吧。"

"老婆在等我。"

"在什么地方?"

"在渔船上。同易作特一块儿。"

他出去，到了厨房又想了一会，重复说道：

"战争。"

他同乌克兰人说话时常是很简单的，关于一切严重的和复杂的问题仿佛好久已经谈好了的。我还记得，有次听他们说过去的皇帝伊万·卡诺士一段罗曼蒂克的故事，易作特说道：

"饭桶沙皇！"

"肉虫。"苦苦斯金补充地说，而巴可夫则坚决地申明：

"理智在他是特别不清楚的。噜，他消灭了亲王，把他的地位封了几个小的贵族，还有其他的地主、外国人。这点是没有智慧的。小的地主比大地主还坏。苍蝇不是豺狼，你用手枪打不死它的，但是它比豺狼还坏。"

苦苦斯金用桶和些泥土，把砖砌在炉子上，说道：

"想一下，鬼东西！自己是不能除尽虱子的，而人类是万物之灵。请你看吧！你，安东利奇，有许多许多的商品一下不能搬运，若是少一点比较好，没有更好，而此地，瞧瞧，在等待你哩。现在，你这个东西，只有不幸在期待你！"

"这个东西"很不高兴有钱的村庄——土地私有公社。乌克兰人已经要她去帮助巴可夫、苏士诺夫和其他的两三个农民。起初大多数的房主人对于罗漫司的关系都是友爱的，在店内增加了不少的顾客，就是"一毛不拔"的农民——巴林诺夫和米古——对乌克兰人的事情，也极尽可能的努力帮助他一切。

我很喜欢米古，我爱他的美丽。他会唱一种伤感的歌曲。当他唱歌的时候，把眼睛闭着，受苦的面孔表现出特别庄严可敬。他躺在黑暗的夜里，那时没有月光或是乌云在天空重重叠叠地飞腾。有一天夜晚他轻声地告诉我：

"到瓦卡尔河边去。"

那儿晒了许多捞鱼的网，坐在自己的独木舟的小渔船尾巴上，把黑的脚放进黑的水里，他低声地说道：

"他蹂躏我，噜，好的，我还能忍受，他拿起他的乐谱，他面孔很可怜，他知道我不多明了。那时候农民对我很亲密的，好像自己的兄弟一样，好像我能接受这个？我们中间有什么区别呢？他在数卢布，我在数哥比，完全就是这样！"

米古脸上有病容，眉毛在跳，手指不断地发抖，把网弄坏了，在寂静的空气中有一种愤怒的声音：

"我以为是强盗，对的，囚犯！强盗都还活着，彼此咒骂侮辱。是的，上帝不爱你，而鬼溺爱你！"

黑色的河流在你前面经过，淡淡的云儿在她头上浮着，小渚的岸边在黑暗之间看不清楚。逐层的波浪滚上沙岸，洗着我的脾，真正把我引入到无际无涯的领土，向什么黑暗地方走。

"还要活着卖？"米古问的时候，叹息了一声。

往上去，来山顶上，猎犬消失了。好像是梦境，我想：

为什么要这样的和那样地活着，像你一样？

河里是异常寂静、异常黑暗和痛苦。这种含有温暖的黑暗是不会有终结的。

"我要打乌克兰人。你看看，我要打他的。"米古大声说，然后又忽然一下开始唱起歌来：

> 妈妈爱我哟，
>
> 她这样说：
>
> "哎嘿，耶玛施，哎嘿——你
>
> 是我亲爱的灵魂，生命……"

他闭着眼睛，他的声音有力而且悲哀，手指在网上敲着，慢慢地挥动。

> 没有听到，我亲爱的，

哎嘿——没有听到……

我很奇怪的感觉到：仿佛地球起了一种剧烈的黑暗运动，变成了液体，要把她消沉下去，而我乘船走了，从地球上陷落到黑昏的地方，那儿经常有种淡淡的阳光照着。

忽然歌声停止了，又同初一样，米古默默把网放在水里，大概没有什么声音而就沉沦在黑暗的深渊了。我看到他且默想着：为什么人都这样地活着呢？我同巴林诺夫是相好的朋友，我们都是放逸无羁的人，自高自傲的、空谈的幻想家。他住在莫斯科，谈起莫斯科的事情：

"地狱城！野蛮无理。教徒有一万四千零六个，人民都是些骗子！完全都在发癫，好像马一样，咒骂上帝吧，投机的商人、横暴的军人、流氓痞子应有尽有，鱼目混珠往来往去。实际上，沙皇的大炮那儿也有，这是文化的工具！彼得大帝自己放过大炮，照准暴乱者发射。一女子，是贵族妇人，暴乱起来反对他，为着向他求爱。他同她平平和和地住了七年，日复一日、年复一年的过去，以后连三个孩子一起抛掉了。愤恨以至于暴乱反抗！老哥你是我的，看他一下用大炮轰炸了九千三百零八个反抗者躺在地上！是自己害怕？没有。费拉列特大教主说，'混蛋，钉死她，钉死……'"

我告诉他，这没有什么紧要的事情，他动气地说：

"阁下，我的上帝！你有这样的特性，这是人类历史上对我详细的教训，而你……"

他到基辅对"圣者"说道：

"这个曾是我的故乡，在这山顶。河岸我也站过，忘记了，也

没有什么。瓦尔卡对岸的小渚哟！城市是纷扰的，可以直截了当地
这样说。一切的街道曲曲折折的往山上爬着。人民——乌克兰人，
没有像米海尔·安东诺夫这样的住宅，而是半波兰式的、半鞑靼式
的。他们苦笑，不说话。不是清洁的人民，而是污浊肮脏的。他们
吃蛤蟆，十个蛤蟆一觉特重，骑在牛背上而且耕种田地。他们的牛
是很有名的，最小的有我们的四个大，有八十三个普特重。僧侣那
儿有五万七千又两百七十三个……噜，蠢仔！你能怎样问？我一切
都是亲眼所看见的，用的自己的眼睛，而你曾经到过那儿吗？没有
到过，噜，应该到哩！我，老哥，真正比一切都爱……"

他爱统计表，我学过放存在那儿的表册，他把它放大起来，但
是忍耐是不可能的。增加许多数目字，勇敢的错误就在此，用棍子
在沙子上写一长条数目字，一看到这些数字就要失败，连孩子的眼
睛也难欺骗过，于是叫道：

"这个东西谁都不能说出来哩！"

他不是有积蓄的人，头发散乱，衣服褴褛，而他的面孔是美丽
的小白脸，有一种卷缩的、快活的胡子，深蓝色的眼睛带着孩子的
微笑。他和苦苦斯金是差不多相同的，因此他们都是一派的。

巴林诺夫有次坐船到卡司彼去捕鱼，说着梦话：

"海水啊。我的老哥，你什么也不相似。你在它前面是个害虫！
在它面前也没有你存在！那儿的生活是蜜一般的呀。人民都往那儿
逃跑，并且会有一个僧侣院总长，他什么也不干！有一个女厨师，
她在检察官的爱人附近住，——噜，还需要什么呢？有一次，她不
能忍耐了：'你很爱我，检察官，然而还是——永别了！'以后谁去看
一次海，还是阴影罩笼着，那儿是宽阔自由，像天空一样——没有

什么阻碍！我去一样的地方困难生存。我不爱人民，也知是怎么地！我要隐居，在荒原之间，噜，——我不道荒原之中的规矩……"

他在村子内是个病人穷鬼，好像无家之狗，有人监视过他，但是听说他是这样满足的，好像米古歌曲一样。

"小偷造谣！"

他的幻想有时给这样的老实人听着，如巴可夫，有一次这农民不信，告诉乌克兰人：

"巴克诺夫要证明，关于警卫军的事没有完全写在书上，还有许多隐秘。他仿佛参加过防卫。"

我说过那样的事吗？这些事都是奇怪性的、幻想的、显明的，而有时想来是坏的，欢乐人们有若干大，比真正的生活还说得严重。

当时我把这个告诉乌克兰人，他笑道：

"这个快到来！人们只要有想象，他们就会想到真理来的。这些笨伯——巴林诺夫、苦苦斯金——你该知道他们。你晓得，就是美术家、著作家。这样是对的，基督教的笨伯也会是这样。啊，你是同意的，他预想的比任何人都不坏……"

我很奇怪，这些人都很少且不高兴谈谈上帝，只有老人苏士诺夫时常要征服人说：

"一切一切都是上帝创造的！"

我时常听见这些没有希望的话，很好的用来欺骗这些人，在夜晚闲谈的时候，我由他们得来的教训不少。我觉得每一问题罗漫司都适用的，好像一株茂盛的树样，在自己的根上结着生命的果实，那儿，由这株根连接到另外一株树的根，这样成为永生的树，每株树都开着有意义的花草，我感觉自己的身体好像是铜板铸成的，老实说，乌克兰人不止一次笑笑向我说：

"很好的经验，马克西谟！"

我好像很感谢他这句话。

巴可夫有时到他自己的老婆那儿去，小小的女人，一副短短的脸，和那聪明的深蓝色的眼睛。她穿的是"时装"。她平静地坐在屋角内，口唇谦逊地畏缩着，但是经过几分钟，她的口很奇怪地张起来，眼睛现出一种惊吓。而她有时候倾听一种滑稽的谐谈哄笑起来，用手将脸遮着。巴可夫给罗漫司挤眉眼，说道：

"你明白！"

乌克兰人家中来了一位重要的客人，他同他去到我的角楼上坐了一点钟。

阿克雪伊送来饮食和茶给他们，他们在那儿躺着，除了我和女厨师而外，任何人也没有见到，如狗一样服从罗漫司，并向他祈祷。到夜间，易作特和巴可夫领这个客人到小船上，经过轮船或者是洛彼使克码头游玩。我从山顶上看，好像一个白的——或者是个银的月亮——扁豆形的小舟在河中闪耀，在灯光之上飞驶，很吸引轮船上的好船长的注意，他感觉到自己的伟大，事业的神秘。

玛利亚·德林可娜从城市来了，但是我的视力已经看不到她了，似乎有什么从中扰乱我。她的眼睛我已觉得是少女的眼睛，她幸福的意识无自己的祈祷和愿望，长发的老人，都将她生了恋慕之心。他同她平平静静地和不惊不扰地谈话，只是当时对长发瞧了一下，他的眼睛是碧绿而温和的，而她的声音是娇嫩而快活的，她会穿一件美丽的大衣，纽扣是发光的。她的一双孩子的手曾经很奇怪的仿佛搜索着什么，究竟抓住了什么呢？她大概不断地咕噜咕噜，而口是用玫瑰色的纸巾扇着，拭拭面孔。我被她鼓起一种新的思潮，可耻和愤恨让我不肯去看她。

在七月中间，易作特完全终结了。起初说他是淹死了，有一天，经过两次的确证：在村庄下七俄里到小渚岸边撞破了他的小船，连船底和两侧都碰坏了。此地不幸的易作特大概淹死在河里，他的小船被三个货船拦住了，击在小锚上，在村子下面五俄里的地方。

罗漫司曾到喀山城去了，正当这件事发生的时候。夜晚，苦苦斯金来我们店内，愁眉不展地坐在长凳子上，默默不言，对自己的脚看看，以后抽着烟卷儿，问道：

"乌克兰人什么时候回来？"

"不知道。"

他开始拭拭手掌打自己的脸，轻轻地骂着诅咒，在衣服上敲打。

"你怎么地？"

他看着我，把嘴唇咬着。他的眼睛红红的，下颚在战栗。看看，他已不能说话了，我很紧张地等待一种悲哀。到最后，他看到街上去，他很困难地说出了，期期艾艾：

"我划船去，同米古。看看易作特的船，斧头砍坏了底，知道吗？这样杀害了易作特！没有别的……"

摇摇头，他口内说了一串"妈的……"，干哭，吼叫，然后又默默地不响了，开始画十字。看见都够忍受，好像这些农民想哭泣又不能、不会，完全只有战栗，只有在罪恶和悲哀中呻吟。一跳一跳走出去，又把头摇了一下。

在另外一天的晚上，有个小孩子在河内游水玩，看见易作特在破烂的板船底下，在村庄的上面不远的河岸边。板船半段在石头岸边，而另外一半在水里。在板船下面，在船尾挂着一块破舵，易作特的长长的和伤坏了的身体浮在那儿，脸向下面，头盖骨是空的。水洗他的脑髓，鱼从后脑咬他，他的后颈骨真像一柄伐木的斧头。易作特的尸体顺着水的流势摇摆，他的脚向岸边，手被鱼弄得动着，觉得他已费尽自己的力量，还试想爬到岸上去。

惊慌地，两个富农什长到河岸上站着，贫农们还没有从野外回来。慌忙地跑，捏着鼻子，像强盗一样，村长害怕得可怜，塞着鼻子，用玫瑰色的衬衣揩揩自己的手。店员古司明像株树样站着，两脚张得很宽，肚子挺出来，依着顺序向我和苦苦斯金看。他眉毛是紧张的，他的无光彩的眼睛在流泪，我觉得他脸上表示得可怜。

"啊咿，蛮横!"村长念着，把脚移一下，"啊嗨，农夫们，不好!"

有个肥胖的少妇，是他的养女，坐在石头上，死死地看到水上，并用战栗的手指画十字，她的嘴唇在颤动，下身是红的，特别肥胖，好像有些难受，把她黄的牙齿露出来。女孩、顽童从山上折了一些野花，农民们也都一道回来了。一群人很紧张地叫：

"喧哗扰乱的农民。"

"这个做什么?"

"人送晚霞……"

"易作特死了……"

"死了?"苦苦斯金疑问着，跑到一群农民内去，"这样为什么把他打死，啊？死疯狗！啊？"

忽然一个歇斯底里的村妇哈哈大笑，这次大笑真正给农民一个刺激，农民们也开始叫喊，彼此拥挤、谩骂、瞎闹，而苦苦斯金，在坡下向居民内走去，用他的手掌在自己毛茸茸的脸上打：

"嘿，兽物!"

挥着拳头，他正在从山堆上跳的时候，真正快活的叫我：

"走开，将来他们要打架的!"

已经是打了他的，他流着血从打破了的嘴唇说出来，但是他的脸上是青色……

我恰恰看见古士明撞进去。

巴林诺夫向我们跑来，惊慌地看到板船旁边的一群人，成了一个人山，村长的声音从那里面轻微地发出来：

"没有，你证明，我向谁宽恕过？你证明吧!"

"给我从此地滚去。"巴林诺夫叫着，到山上去。炎热的夜晚，暑气妨碍人的呼吸。淡红色的阳光躺在果子树上，青色的云彩飞腾在天空，一片红光在丛林的枝叶上闪耀发光，那儿有高大的喊叫声。

易作特的尸身似乎在我前面颤动，打坏了的头盖骨立起来像一根梁柱，我回忆他的音容，他的好话：

"每个人应该保存童真，他是顽强的，这是孩子的天真。他仿佛是铁一般的，而他的心灵是天真烂漫的孩子的心灵!"

苦苦斯金同我并列走的时候，他生气地说道：

"我们完全是这样的……阁下，这样的愚蠢!"

乌克兰人回来的时候，到了晚上两点钟敲过了，夜很深了，看起来是很高兴的，异常的亲密。当时我请他到房内去，他捉住我的肩膀。

"很少睡着吗，马克西谟?"

"易作特被打死了。"

"什么?"

他的颊骨都胀起来了。胡须都在战栗，真正害怕的样子。对着窗户，没有脱帽子，他在房子中间停着，眼睛直的，头在发抖。

"这样。不知道是谁? 噜……"

慢慢地走近窗户，坐在那儿，把腿伸起。

"我告诉他……村长到过?"

"昨天到过。"

"噜，怎么地?"他问了自己又回答的说:"完了，还有什么!"

我告诉他怎样来看，如同平时一样，到古士明那儿停了一会，又引苦苦斯金去在店子内坐了一下。

"这样。噜，此地怎样告诉你的?"

我到厨房内去烧开水。

喝茶的时候罗漫司说:

"很可怜的这个人，他比自杀的好! 可以说他们是打过架的。他们没有到他的门首，好像此地所说一样。那时候我到西伯利亚去，有一个人同我说，他是做强盗为职业的，他有一个盗贼团体，统共有五个人。当中有一个开始说:'兄弟们，抛弃这种偷窃的职业，没有什么，只是生活不多好!'当他喝醉酒睡了，他们就为这点小事把他勒死了。有人也来称扬说:'三个，我到最后都不可怜，到今天我想这个同志，曾经是个最好的同志，聪明、活泼、心灵又纯洁。''你为什么要把他杀呢?'我有点害怕地问他,他无礼地辱骂:'没有。'他也不是为钱,也不是为什么!而是——这样,好像不爱与他们做朋友,完全我们是强盗,而他仿佛要做正人君子。这样是不好的。"

乌克兰人站起来开始在房子踱来踱去,把手放在背上,牙齿衔着烟斗,穿着长长的鞑靼式的衬衣,完全是白的。他轻声地预想着说:

"许多次我都想到做正人可怕,要把你从好人的生活中驱逐出来。对于这样的人有两种关系:一种把他们完全消灭去,扶持真正的好人,或者是像狗一样——在眼睛内看他们,把他们藏在肚子内。这个很稀少。而要他们学习生活,要他们模仿——不能够,不会。或者他们也不愿意?"

拿起一盅冷茶,他说:

"能够又不愿意!你想一下,人们不用自己的神圣的劳动去维持自己的生命,不养成劳动的习惯,而谁个反抗:不要这样生活!不要这样?是的,我们把自己的劳力放在自己的生活之前是比较好的,这也有恶魔捉住你!啊,完全是这样,活的真理同黑暗为邻。不这样生活!同他们是对的。这个是他们向好的方向前进的。"

当他的手伸到书柜子上的时候,补充说:

"这个是特别的!哎嘿,若是我能写在书上!但是,这个也不适合,我的思想很痛苦的,不能忍受。"

他坐在桌子后面,靠在桌子上,两手把头抱住,说道:

"易作特怎么这么可怜啊……"

沉默了好久又说:

"噜，给我睡觉吧……"

我到自己的角楼上去，他在窗户边。看见野外闪电的光芒，染红半边天空。我觉得月亮战栗可怕，那时天空都是电闪的红光。狗在狂吠打架，若是没有这场斗争，或者还幻想着在这荒岛上住着。雷声隆隆地响，在窗户边有很大的水在奔流。

易作特的容貌又呈现在我的眼帘之前——在河岸上，柳林下。她的脸是青铜色，向天空仰望的，眼睛看着自己那面，金黄色的胡须乱缠着，口是张开的。

"善良的亲密的马克西谟！我爱葩茨荭，因为她是一个美丽的天使哟！"

他的黑脚，瓦尔卡的河水为他冲洗，蓝色的短裤在流水中漂荡，在炙热的阳光下蒸晒。苍蝇在鱼吃了的脸上轰轰的叫鸣，从他的腐化的尸上发出一种异样的臭味。

很重的脚步在楼梯上走，门开了，罗漫司走近来坐在我的床上，抚摸着胡子。

"我，你是知道的，是有未婚妻的！"

"在此地将来很困难结婚……"

他看着我，好像等待我答话的样子。我还有什么可说呢？但是什么我也不想说了。电闪的光射进房子内来了，她的光芒一下又消失了。

我不断地微笑：在这一分钟我的头都昏了，怎么叫这个女人——玛莎。现在也忘掉了，我只晓得我父亲和兄弟们有时候这样的叫她——玛莎。

"你笑什么？"

"没有笑什么。"

"你想一下，我比她年纪大吗？"

"啊，不会大哩！"

"她告诉过我，你曾爱过她哩。"

"有点关系，是的。"

"而现在呢？过去呢？"

"是的，我想一下吧。"

她把手里接着拣着的胡子也放了，轻声地说：

"你这样的年纪时常是有关系的，而到我今天的年纪已经没有了，但是能够拥抱一下，多的也不能幻想了，因为气力没有了！"

他张口大笑，又继续说：

"安东欢喜在阿卡择米之下打了败仗，然后把自己的舰队和司令职务都抛弃了，逃到自己的军舰上来跟在卡列特尔舰后面，当时她惊慌地从战争中逃了出来了。看有过这样的事情哩！"

罗漫司站起来，正正直直的重复说着，好像自己的意志遭了反抗一样：

"这样，去找——去找配偶吧！"

"很快吗？"

"秋季。那时候苹果也都熟了。"

他去了，在门下面摇摇头，这是比什么都必要的，而我就想去睡觉，当时我心里在思索，要是我在秋季调离此地，将来总比较好一点。为什么他说关于安东的事情？这个我不多高兴。

苹果已经到了成熟的时候了，这年苹果收成很好，有许多苹果树的枝头都被果子压到地下来了。苹果园内有一种气味，有许多孩子在那儿拾那些虫食了的、风刮落的、黄的、玫瑰色的苹果。

八月一日，罗漫司从喀山回来坐的是载货的木板船，装载了许多箱桶。那时是清早八点钟的时候，而且是很忙的一天。乌克兰人仅仅换了衣服，洗了手、脸，就喝着早茶，他很快活地说：

"夜晚在河中划船是很好的……"

但忽然鼻子呼吸作声，惊疑地问：

"仿佛像——什么烧得这么臭呢？"

恰恰在一分钟，阿克雪伊在门口啜泣。

"起了火！"

我们跑到门口，看见从菜园那方面放什物的房子墙壁着了火，在什物房内我们放的有火油、木炭、牛油。没有几秒钟我出去看，那火光好像一条黄的舌头，或清明的阳光伸到壁上，到屋顶上才消失去。阿克雪伊提着一桶水，乌克兰人把水泼在光纹的壁上，把桶子又扔在地上并且说：

"碰到鬼！把酒桶转一下，马克西谟！阿克雪伊——到店内去！"

我很迅速地把桶子转到门口，搬到街上，又搬火油桶，但是，当时我把火油桶弄翻来了，大概火油桶的塞子是开的，火油也流到地上。这时我忙着找塞子，可是火魔是不等待的，什物房的平板已经烧穿，屋顶也烧穿了。当桶子还没有搬完的时候，我看见沿街上到处都有妇人、小孩子争闹和喊叫。乌克兰人和阿克雪伊从店子内搬货物，把商品放在一条沟里，而在街中间有一个黑黑的老妇站着，烧焦了手，尖锐地叫喊：

"啊……啊……啊……恶魔……"

当我再跑到什物房那边去，我找出整个冒烟的所在，烟在呼呼的响，向上旋回着升腾。屋梁烧断而且悬着，曲折了，像一根红的帽缨，墙壁已经穿了，好像火格子窗一样，火烟窒塞了我的呼吸，眩惑了我的眼睛，我尽力把桶子搬到什物房门外，在门口时，火焰没有射我了。我开始叫人来帮助我，乌克兰人这时跑来了，一下扳住我的手把我拉到门外。

"你快跑开，马上这房子·要倒了……"

他向村子那边跑，我跟着他的后面，到角楼上去，因为那地方我有许多书籍放在那儿，把书籍由窗户口摔出来，我又去搬一个柜子，窗口很窄狭，使柜子不能出去，当时我用二十磅重一个锤铊去打墙壁。但是，事情是很糟的，屋顶上火势越发凶猛了，我知道火油桶炸了，屋顶上火光熊熊的，流进窗口来，开始光顾这些书籍。我这时热得不能忍受了，跑到楼梯上，很浓厚的烟雾向我猛力袭击，我利用那条赤色的火蛇一级一级地往下，下面房子内都被火烟笼罩了，谁在真正愤怒的时候，铁的牙齿可以咬断树枝。他将要失掉生命了。昏迷的烟气可以窒死人，我这时站住没有移动。在枯槁的楼梯窗户上凝视到一个红色胡子，黄色的脸容，痉挛的消失了，恰恰这时候，屋顶落下来，成为一个火焰的血坑。

大概我还记得，我的头发燃烧得发响，除了这个声响而外什么也不听见了。我那时明白我葬在火焰的血坑内了。脚有些痛，眼睛呢，虽然我把它们闭着，还是很痛的。

生命智慧的本能告诉我唯一的救路——我只有用着被单、席子把身体裹着，头上用罗漫司的一顶羊皮帽子包着，从窗户口跳下来。

我到那沟边上的时候才恢复知觉，在我前面洋山芋上坐的罗漫司惊喊着：

"怎么样？"

我站起来，视觉是错乱的，好像我的房屋颠倒了，一切都成为红的木块了，像一条赤色的狗舌头舐在黑的地上。火烟把窗户也闭塞住了，屋顶上越加猛烈、动摇，有无数的赤黄的火花。

"噜，怎么地？"乌克兰人叫着，他的脸上，汗水、污秽的油烟，还流了许多醒齄的泪水，眼睛惊慌地不断地挤着，在湿的胡须上有些乱丝缠着。我呢，浸浴在光明的波浪之中喜悦得异常，有一种毅勇的感觉！然后我觉得左腿有点痛，我轻轻地告诉乌克兰人："左腿骨节脱了。"

当触到腿的时候，他把我的腿扶着。我几乎要痛掉命，经过几分钟以后，好像醉鬼一样，一颠一跛，我又去到我们洗澡房内搬东西，而罗漫司把烟斗衔在牙齿缝内，很欢喜地说着：

"曾经相信，你是烧死了，那个火油桶炸了，火油往屋顶喷涌。火燃到柱子上，火光冲上很高，天空都染红了，所有的房子一下都被火毁灭了。噜，我想，马克西谟也算完了！"

他已经恢复平静了，好似平常一样，确实把东西藏放在山上去，又向那污浊的，蓬头散发的阿克雪伊说：

"坐在此地，好好看守，不要让人们偷去，我去找个灯来……"

在沟边火烟中间有块白纸在飞舞。

"啊嘿，"罗漫司说："可惜的书呀！亲爱的书呀……"

已烧完了四家房屋了。天气是风平浪静，火魔是不能忍耐的，从右边燃到左边，篱垣和屋顶烧得弯弯曲曲，好像嫌恶这些东西一样，又像一把通红的梳子梳着这些蒿草的屋顶，血一般的，在烟雾的空气中散布了许多恶臭，猛烈的火焰微微燃得发响，屋旁的树叶也像连珠炮样。迟钝的农夫和村妇从烟云里跌倒在街上，在门口的像金黄的"烧鸭"，各个人都挂念着自己的东西，不断地嚷闹叫喊：

"水呀！"

水当时隔离尚远，在山底下，在瓦尔卡河里。罗漫司很快地把农夫们驱赶到山丘上去，抓住他们的肩膊、带子，然后把他们分成两班，命令他们一班撤毁篱笆，一班去救火。他们都恭顺地听他的命令，全街开始同火神斗争。但是干起来大家都有点怕，这样还有什么希望，老实说他们都觉得事不关己。

我当时情绪很高，觉得自己很有力量，尤其是在那一刹那。在街的末尾我看守东西，而他们站着，什么也不干，只是彼此观望，叫喊，用手和棍来画天指地。由街上到山上，农夫们都在说话，耳根也在震动，妇人们遇着他们哭泣，孩子们在乱跑。

还有一个门也在开始燃烧了，一个关家畜的小屋墙壁快要烧毁了，同它连接的一间大屋已被火焰包围了。农夫们开始撤篱笆的木棒，在它们上面爆出火花，有些已成木炭，于是他们又退开，用手掌在衬衣上摩擦。

"不要害怕！"乌克兰人叫喊着。

这个对于实际是没有助益的，当时他扯破了一顶帽，把它放在我的头上：

"从此地切断，我在这里！"

我拔出一根、两根篱笆木棒，墙又将动摇了，当时我爬上去，抓住上面，而乌克兰人把我的脚抓住往自己方面扯，整个篱笆都倒了，大概我连头都压住了。农夫们以友爱的情绪把篱笆搬到街上去了。

"没有打伤吗？"罗漫司问。

他的纪念增加了我的力量和兴奋。这一种的识别，是以人性的，亲爱的对待我的。我只能尽这一点职务，我是很愤激的。很可怜的，我的那些书籍是在烟雾中飞舞哩。

从右边切断使火不能通过，已算成功了，而在左边统统是宽阔的空地，已经隔断到第十家房屋了。剩下一部分农民追随着一条滑稽的红蛇，罗漫司把大多数的工人都赶到左边，跑去要经过一些东西，我听着谁在叫喊：

"放火！"

而店子的人说：

"在洗澡房内你看地下有火！"

这句话在我的记忆中是一个不快活的影响。

很显然的，有一种愤激，特别的高兴，增加了勇气。我当时又激愤起来，自己非常高兴地工作以至最后的"一分气力"。我还记得，当我坐在地上的时候，我背上像火烧一样。罗漫司从桶子内取水给我，而农夫们围着我们，惊叹地说：

"这孩子是勇士！"

"这个没有疲乏……"

我把头低向罗漫司的脚，害羞地开始哭了，而罗漫司凝视我水湿的头，说着：

"休息一下！已经够了。"

苦苦斯金和巴可夫满身都是煤炭，好像鬼一样，把我弄到沟边，笑笑地说：

"不要紧吧，老哥！都完结了。"

"害怕?"

我还没有躺好就来了一些人，这时我看见，从沟边向我们的洗澡房进来十个有钱的"富人"，在他们面前是村长，在他的后面有两个百长到罗漫司的手边。他没有帽子，手内拿的湿的烂衬衣，口里衔着烟斗，他的脸严肃而奇异。兵士科士金举起一根棍子，愤恨地说：

"让火烧那些邪教徒的灵魂！"

"到洗澡房去……"

"把锁打坏，锁匙失掉了。"罗漫司高声地说。

我敲敲腿，从地上拾起一根棍子与他们站在一列。百长走动不停，而村长唧唧地、惊慌地说：

"奉行正教的，不准许打坏锁的！"

"告诉我，"古士明叫喊："谁个是这样?"

"安心，马克西谟，"罗漫司说，"他们想，我把货物放在洗澡房了，自己放火把店烧了的。"

"你!"

"坏了!"

"奉行正教的……我们回答!"

"我们的答复……"

而罗漫司饶舌说：

"站起来把背靠着我的背，防备后面不要给人家来打……"

洗澡房的锁打坏了，有几个人一下把门守着。大概此时有几个人从那门内爬出，而我，在这时候，把一根棍给把罗漫司手中，而又在地下拾取另外一根。

"什么也没有……"

"没有什么？"

"啊嘿，恶魔！"

那个孩子说：

"奇怪，农夫……"

有几个粗暴的同声，好像醉鬼一样：

"什么奇怪？"

"在火内！"

"扰乱……"

"合作社的斗争！"

"强盗！他们有一伙强盗！"

"狗！"罗漫司高声地叫："噜，你看吧，在洗澡房我没有放东西吧，你们还要什么？一切都烧了，剩下来的怎样？你们看见没有，放火烧自己的与良心有什么利益？"

"保好险的！"

又异口同声地叫：

"看见他们什么吗？"

"将来！暂时忍下……"

我的脚痛得打战，眼睛发昏。我看见淡红色的云透霞射到那些狰猛凶恶的面孔，在他们的嘴上那浓厚的胡须连口的痕迹都见不到，我希望把这些可恶的人痛打一顿。但是他们叫吼，围着我们跳跑。

"呵嘿，拿着棍子！"

"用棍子吗？"

"他们拔掉了我的胡须，"乌克兰人说，"而我感觉得他在微笑。你也跌倒了，马克西谟，啊嘿！但是安心，安心……"

"你瞧，那少年有柄斧头！"

我腰带上有把坚实的斧头凸出来是真的，我也把它忘记了。

仿佛有点害怕，表现在罗漫司的面上。"总之，你没有使用斧头，若是……"

有个不认识的小孩子和一个庵子的农民，听见后手舞足跳，怒吼着：

"用他们的燎砖！打了我的头！"

实际上他拿着一块破砖，举起来摔在我的肚子上，但是很早的，比我回答他的时候还早，从上面就有个兀鹰。苦苦斯金落在他身上，于是他们抱着，到沟内扭打。在苦苦斯金后面跑来的有巴可夫、巴林诺夫、铁匠，还有其他十几个人，恰恰在这个时候，古士明切实地说：

"你，米海尔·安东诺夫，你是聪明人，现在你说，把放火的人关起来……"

"我们走，马克西谟，到河岸，往饭馆子内去。"罗漫司说，又把烟斗从口里拿起来，一下把它放进腰袋内。扶着一根棍子，他很疲乏地从沟内爬出来，当时古士明跑去与他站在一列，他说什么，但是罗漫司没有看他一眼，回答他的是：

"走开，瘟狗！"

在我们的屋基上燃烧一堆金黄的炭，火炉在它的中间，从烟突内发起热腾腾的空气和浓烟。有一条床杆烧得红红的伸出来，好像一个红蜘蛛脚。有根烧过了的门柱立在炭炉的旁边，好像守卫的黑人，还有一根门柱戴上顶红炭帽子在火内面，好似一个雄鸡的头一样。

"书也烧了，"乌克兰人说了，叹了一口气，"这个真是心痛！"

顽皮的孩子们在污浊的街上用棍子打一个很大的脑壳，恰像一个猪仔，他们烧着烤着，把整个的空气都弄成白白的烟雾了，有个孩子，大概有五岁的年纪，头发是白的，眼睛不多好，坐在那温暖的黑的草地，用着棍子按着破桶子打，特别喜欢听那铿锵的在铁上的声音。黑暗笼罩了火烧场，他们把什么搬到山丘。妇人们哭哭叫喊，从火烧场内拾取一些火柴，在园内烧过后站住。没有移动的树木，有许多枝叶都烧掉了，有些红的苹果也烧坏了。

我们向河岸走，洗了一会冷水澡，默默地在河岸饭店内喝了盅茶。

"用苹果来充饥是件好玩的事情哩。"罗漫司说。

巴可夫来了，比之平常，预想是特别疲乏的。

"怎么样，老哥?"罗漫司问。

巴可夫把肩膊子一耸：

"我的房子保险过的。"

沉默的，奇怪的，好似不相识一样，看看彼此都用眼光接触着。

"你现在和将来怎么办呢，米海尔·安东诺夫?"

"我想一下。"

"你应该离开此地。"

"我看一看。"

"我是有计划的，"巴司夫说，"我们到森林中去谈一谈。"

"去吧。"巴可夫到门口慎重地告诉我：

"啊，你不要胆怯！你在此地可以住，他们将来怕你……"

我也到了河岸，躺在小丛林边，眼睛瞧着河内。

虽然太阳已经到了西方，可是还很热哩。在这个村子的居民一时都展开在我的前面，好像染了颜色的河水一样。我曾经害怕过，但是很快把这种情绪征服了，我紧紧地抱着自己。

唉，我感觉深入了梦境，我在震动，又似乎引到什么地方去的。——你快死了，怎么地，睁开眼吧！

在两岸的草地上有苍白的月光照着，真正像一个大车轮子。巴可夫在我上面推摇着。

"走吧，乌克兰人在找你，很着急的，随我后面来，"他叫着，"你不能睡觉哩，什么地方伤了！有人到山上去，找到了，给你一石头，这样人的企图是有的。我们没有讥笑过人。亲爱的，你是我的老哥，这样的恶魔该记着。他有罪恶一点也是不记得的。"

到河岸的小森林内有人在搬东西，树枝碰得发响。

"找到了没有？"问话的声音是明古的声音。

"看见了。"巴林诺夫回答着。

离开有十几步，叹息了一会，说着：

"鱼偷去了。给明古生活也不了的打击。"

罗漫司遇着我生气地说：

"你玩去吗？你想把你的腹胀大些吗？"

当时我们停了一点，他愁眉苦脸地轻声说：

"巴可夫提议要你留在他那儿。他想开店子，我对你没有建议，我一切都卖给他了，还留在此地做什么，我到月德卡去，过些时候我写信给你，你去吗?"

"我想一下。"

"你想想。"

我躺在地下，叫了几声又沉默着。我当时坐在窗户边，向着瓦尔卡河看着。月光反射来使我忆起火烧的情境。在小河边有拖货的火船轮子打得水响，在黑阴内航行，闪耀的星子，当时也隐藏了。

"你愤恨那些农民吗?"罗漫司口内说梦呓，"用不着。他们只是傻子。凶恶，这个是蠢的事。"

他的话没有安慰、减轻我的残忍的和无礼的侮辱。我看见自己面前的野兽，茸茸的嘴，凶恶狞狠地叫喊：

"炼砖!"

在这个时候我还不会忘记这件事，就是此地不需要我了。是的，这些人的当中每一个人都有不少的罪恶，而自己觉得时常都没有罪恶。这个实质上是善良的兽物，他们不能惊吓到孩子的微笑，将来和真诚的孩子说关于探求智慧和幸福，伟大的事业。奇怪的灵魂时常是这些高贵的人们，依着自己个人意志高兴去幻想，能够容易生存。

这些人在乡村集会或者在河边饭店内都成为灰色的一团，他们把自己藏在什么地方的好衣服都穿起来，好像僧尼一样，穿着一些伪饰的祭服! 当他们开始游玩、斗狗的时候，他们都对面站着看。或若他们一下拥抱着，苦笑一会，几乎把牙齿笑掉，为着些小的事情准备打和辱骂，并且他们还要做野兽般的相互苦骂。很奇怪的，

154

他们能在这几分钟把教堂毁灭，可是昨天夜晚柔顺和谦恭，好似绵羊在羊牢内样。有他们的诗话和故事，他们在这村庄内谁也不亲爱谁，也没有互助，有的只是嘲笑和侮辱。

我不会，也不能够住在这些人中间生活。在这一天把我的一切苦愁向罗漫司说明，我们这时候就同他们分离了。

"预先的结论。"他用责难的口吻说。

"但是，若是他要辞退，怎么办呢？"

"这个结论不对！没有理由作根据。"

他用很好的语言来说服我，我是错了。

"用不着即刻决定！决定是很简单的，不要这样惊魂夺魄。看看四周都是平静的，关于这一点是可纪念的：一切都过去了，一切都转移向好的方向。慢了吗？这个是坚实可靠的！你应该各方面去考察，向多方面去发展，将来你不会有什么奇怪，但是决不要着急。再见，亲爱的好友！"

经过了十五年我们才在锡特利茨相会，那是罗漫司为"民权派"的事件被放逐在杨古斯基区十年以后。

他从卡拉斯诺妥夫乘船去了，给我异常的苦闷，在这村子走的时候真正是个失了主人的孤人。我同巴林诺夫到农村内去，我们在一家富农家内做工、打谷、种洋山芋、清扫花园，我住在他的洗澡房内。

"马克西谟，司令官没有民众，怎么好呢？"在一个下雨天的夜晚他问我，"我们乘船走，明天在海中间又怎么办呢？上帝知道！此地有什么？这样的，我的老哥又不爱在此地。还有这个，手也像醉了样……"

巴林诺夫这样说不是第一次了。他也是很苦恼的，他的手像猴子一样软弱没有力气。他微笑地看着，好像在深林中彷徨样。

在洗澡房窗户边有雨水进来，在屋角内已经成了河流了，在沟内汹涌的洪流正在轰轰地叫喊，苍白的雷电之光也在做最后的严重的闪耀。巴林诺夫轻轻地问：

"坐船走，唉？明天！"

我们乘船走了。

秋天的深夜沿瓦尔卡行航是多不明亮的。我们坐在掌舵的旁边，那舵的转动叫声也不小，前进的时候，脚掌很重地照着船板上踏，叹口气：

"啊哎……啊……噜……"

在舵尾上是丝绢缠的，水铮铮地流，无涯无际的河流的上面是黑暗的秋云笼罩着。四周只有黑暗的魔王在慢慢地流动，他射到河岸，大约地球也被他击溃了，由烟雾变成液汁，不断的、无终极的，一切都在地下，在荒原，那儿泛有太阳，没有月光，没有星珠。

在前面，在灰色的黑阴内，有轧轧声响而看不清的载货的轮船，好像有种反抗弹力挡住它。三个浮标灯，两个在水上，一个在它们上面送它，在黑暗的浓雾内，它渐渐与我近了，真正像个金色鲋鱼，还有四个，一个的灯光照在我们帆上。

我感觉到自己内部是冰冷，肉皮上成了鸡皮色，他轻轻地在船板上滑，我贴在后面，好像老鼠一样。大概慢慢地要失去知觉了，当时完全要停止了。——轮船到了码头，放卫的喇叭在叫，和船的车轮打得响，忽然一切的声音都飞去，好像树叶与枝干分别远扬了样，我的四周被沉黑寂静统治了。

有个粗的人穿着一件羊毛外衣，戴上一顶褴褛的帽子，在架舵的旁边走着，当站着不动的时候就诅咒，后来不叫了：

"啊——哎！啊哟……"

我问过他：

"你的大名叫什么?"

"你为什么要知道呢?"他用厌恶的口气答复我。

在太阳没落的时候，从喀山开船，我说，这个人，执拗，好比狗熊一样，脸上的茸毛，眼睛也没有。到舵边，把一瓶子烧酒倒在一个乡下用的勺子内，两口把它喝完了，好像喝水一样，然后又吃着苹果。而这个时候拖船触在岸上了，这个人把舵扼着，凝视着四周的金黄太阳，摸了一下头，惊慌地说道：

"托福，托福!"

轮船从下城前进，经过市场，到阿斯坦拉罕有四个货船，装的铁条、砂糖桶和什么重的箱子。"这个完全为波斯用的。"巴林诺夫把脚放在箱子上，鼻子纠了一下，又想一会说道："没有什么不同。枪炮，从伊仁夫斯工厂出来的……"

当时掌舵的手放在肚子上问：

"你是做什么事的?"

"在我的思想……"

"去做畜生，愿意吧?"

我们乘船，什么钱也没有，我们得到货船的"恩惠"，站在船的侧板上，好像水手一样。到货船上统统向我们瞧，真正像看叫花子的一样。

"你说一下，亲爱的，"巴林诺夫说，"这很简单：谁在谁之上……"

黑雾重重叠叠，在货船上是看不见什么的，你只能看见一点灯光在浓厚的黑雾里一闪一闭。烟雾内有一种煤油的臭味。

掌舵的用沉默的恶意刺戳了我。我去告诉掌舵长去帮助这个野兽。随着火光后面运动，在转拐的地方告诉我：

"唉嘿，拿住！"

用脚驶着舵杆。

"好的。"他叫着。

我再坐在船板上。同这个人谈话没有成功，他用问题回答：

"你为什么要做工？"

他在想什么？当时到了一个地方，那儿是黄的水流入到瓦尔卡去，他向北方看看，叫喊着：

"蠢仔。"

"谁？"

没有回答。

在远远的地方有狗子在打架、叫咬。忆起这残余的生活，还没有把黑暗打破。这个大概还远没有必要吧。

"此地狗仔是很坏的。"这个在舵旁的忽然之间说。

"此地是什么地方？"

"我们是现代的狗……"

"你从什么地方来的？"

"阿洛哥斯基。"

真正的是洋山芋从烂口袋出来，成了灰色的流，很严重的一句话：

"这个谁是你的伯伯？他是一个蠢子，照我想是这样。而我的伯伯是聪明的、悍勇、有钱。在西玛比尔斯基码头停住后，到河岸去，可以进饭店。"

他说这一段是很慢的，好像很困难说出的样子，他疲乏了，也没有用眼去看到帆上的挂的灯，他好像一个金色蜘蛛在黑暗的网上爬。

"看看，噜……认识字吗？你不知道法律是谁写的？"

不等待回答，他又继续说：

"有各种说话：有一个说是沙皇，另一个说是大教主，上议院。要是我真知道是谁，我要到那里去，告诉他：你写法律是这样，为着不许我动颤一下，而不守法律是要挨打的！法律应该是铁一般的，好像锁链一样，把我的心和行动都锁着！那时的我，回答！而这样，我没有回答，没有。"

他对自己咕噜了一会，都是轻声而没有联系的，以后又用拳头在舵杆上敲着。

从轮船上用传声筒呼喊，这个人的声音之坏，好像犬吠和打架一样。但是已经到了深夜了，轮船是在黑水中间航行，照着的黄油灯光而且是异常无力而淡开。在我们上面流动的，是黑影、乌云，我们完全沉默在深深的黑暗里面。

有人惊疑而可怜地说：

"要我向什么地方去？我的心快要不能呼吸了。"

冷的痛苦把我捉住了，这时开始想睡一下。

很浓厚的，乌云重叠着，把太阳也遮着了。水投上了铅色，在河岸边有黄的、小小的丛林，松树的枝根是黑的。从农村出来了许多的家畜，有个农民的样子真像从石洞内钻出来样，在板船边有个茶壶飞走了，掷到船的车轮翼上。

我与掌舵的换了地方，爬进防水布里去，但是很快的——这样告诉我——把我从足踏的声音内惊醒来。从防水布里面伸出头来，我看见了，有三个水手，由掌舵的到账房找"管理"，有各种不同的声音叫喊：

"巴力士·彼得鲁黑！"

"阁下同你一起，不要紧！"

"而你是会满意的！"

他站起来，很平安的，在自己的背心上用手接着，脚向船板上压着，向四周去看一下，大声地说：

"给我从罪恶中走开！"

他赤足，没有帽子，一件衬衣是结补的，黑的、肮脏的头发堆在他的头上，毛都是直的，披散到眉毛边，在它们下边可以看见一副温和的眼睛，充满了血液、欲望、惊疑和紧张。

"关住吧！"告诉他说。

"我？没有什么。放了吧，老哥！不要放，我将要打他哩！如此可以坐到西玛比尔斯基，这样……"

"是的，这样到了码头！"

"哎嘿，老哥……"

他慢慢地，把两手伸得很宽，放在膝上，与"管理"的手接触，真像耶稣钉在十字架像，又重复说道：

"给我从罪恶中逃走！"

他的声音异样的粗鲁，可以震动全屋，粗阔的手，长长的，好像一片桡，全身战怵着。他的狗熊脸在茸茸的胡须内面，鼹鼠的眼睛，眼珠黑黑的突出来，把手抓住他的喉管而不自然地呼吸着。

农民都围绕在船的前面不说话，他粗笨的脚站起来，举起两手说道：

"是的，谢谢！"

走向他的侧边，忽然一下跳入河中。我也跑到船边去，恰恰看见，好像彼得鲁黑，头不时地摇动，在他的帽子下面举起自己手来游水，顺着倾斜流，向着沙滩的岸边去，那儿，有被风刮倒了的树木，黄的树枝中间，恰恰被他碰着。

农夫们都说：

"总而言之，战胜了自己！"

我问：

"他同知觉分离了吗？"

"为什么？没有，他灵魂逃走……"

彼得鲁黑已经游到一个小小的什么上面，在水中间站起露出胸来，把手在头上摇动。

水手们叫喊：

"永别了！"

谁在这样问：

"他好像没有旅行书吗？"

有个红脸的水手很满意地告诉我：

"他有个伯父住在西玛比尔斯基，把他破坏了，然后他把伯父杀死了，是的，一个样，怜惜自己，现在才把自己从罪恶中逃走。

野兽，农民，而又是善良！他很好的……"

而很好的农民已经是在那狭窄的地域走着，在河的对岸，他已走过丛林了。

水手们都和善地、兄弟一般地表示亲爱，他们都是我的同乡，到夜晚我感觉到自己在他们中间才是自己的人。但是在另外一天，他们都惊疑地看着我，不相信我。我这时候猜想，保持什么民族疆域维持一种民族的鬼语言。这是一个幻想家同水手谈话。

"谈了吗?"

用女人那种明媚的眼睛微笑，在耳根后面搔着，他明了地说。

"谈了不多!"

"是的，我问你为什么保持沉默呢?"

我保持沉默，已经是痛苦的而有趣味的历史。大家想玩纸牌，而掌舵的把纸牌拿在手内："枯燥乏味！我与这个……"

把愉快的历史割断了，在最后，我同乌克兰人都同农民分别了，分别后，巴林诺夫还有点郁闷。

郁闷动气对于他是没有利益的，他看见真理只是外形。同样的，当时我与他在去找工做的途中在一个沟边坐着，他劝诱和亲密地说：

"必须要依照精神去选择真理！喂，在沟后面，这块牧场，有狗子跑，有牧人来。噜，这样好什么。我们同你离开这个精神的利益还有什么？亲爱的，你简单地看看：真理、善良在什么地方？善良的还没有预想到，可不是！"

在西玛比尔斯基，水手们很不喜欢地向我们提议要我们从板船上岸去。

"你们与我们这些人是不相合的。"他们说。

把我们用一个小船渡上西玛比尔斯基码头去，我们率然乏味地到了岸上。当时我的衣袋内只有三十七个哥比，到饭店内去喝过茶。

"将来怎么办?"

巴林诺夫很自信地说：

"这如何是好？只有搭船再往远一点去。"

混在旅客的当中搭船到沙玛尔，在沙玛尔上岸，经过大概七天幸福的航行到卡司宾地方，那儿有些建筑，有家小小的渔业合作社在那污浊肮脏的卡板苦巴作坊之旁，我们对准这个前进。

"俄苏文学经典译著·长篇小说"书目

沙宁　　　〔苏联〕阿尔志跋绥夫　著／郑振铎　译

罗亭　　　〔俄国〕屠格涅夫　著／陆蠡　译

少年　　　〔俄国〕陀思妥耶夫斯基　著／耿济之　译

死屋手记　　〔俄国〕陀思妥耶夫斯基　著／耿济之　译

罪与罚　　〔俄国〕陀思妥耶夫斯基　著／汪炳琨　译

卡拉马佐夫兄弟　　〔俄国〕陀思妥耶夫斯基　著／耿济之　译

白痴　　〔俄国〕陀思妥耶夫斯基　著／耿济之　译

铁流　　〔苏联〕绥拉菲莫维奇　著／曹靖华　译

父与子　　〔俄国〕屠格涅夫　著／耿济之　译

处女地　　〔俄国〕屠格涅夫　著／巴金　译

前夜　　〔俄国〕屠格涅夫　著／丽尼　译

虹　　〔苏联〕瓦西列夫斯卡娅　著／曹靖华　译

保卫察里津　　〔俄国〕阿·托尔斯泰　著／曹靖华　译

静静的顿河　　〔苏联〕肖洛霍夫　著／金人　译

死魂灵　　〔俄国〕果戈里　著／鲁迅　译

城与年　　〔苏联〕斐定　著／曹靖华　译

钢铁是怎样炼成的　　〔苏联〕奥斯特洛夫斯基　著／梅益　译

诸神复活　　〔俄国〕梅勒什可夫斯基　著／郑超麟　译

战争与和平　　〔俄国〕列夫·托尔斯泰　著／郭沫若　高植　译

人民是不朽的　　〔苏联〕格罗斯曼　著／茅盾　译

孤独　　〔苏联〕维尔塔　著／冯夷　译

爱的分野　　〔苏联〕罗曼诺夫　著／蒋光慈　陈情　译

地下室手记　　〔俄国〕陀思妥耶夫斯基 著 / 洪灵菲 译

赌徒　　〔俄国〕陀思妥耶夫斯基 著 / 洪灵菲 译

盗用公款的人们　　〔苏联〕卡泰耶夫 著 / 小莹 译

在人间　　〔苏联〕高尔基 著 / 王季愚 译

我的大学　　〔苏联〕高尔基 著 / 杜畏之　萼心 译

赤恋　　〔苏联〕柯伦泰 著 / 温生民 译

夏伯阳　　〔苏联〕富曼诺夫 著 / 郭定一 译

被开垦的处女地　　〔苏联〕肖洛霍夫 著 / 立波 译

大学生私生活　　〔苏联〕顾米列夫斯基 著 / 周起应　立波 译

奥尼金　　〔俄国〕普希金 著 / 甦夫 译

盲乐师　　〔俄国〕柯罗连科 著 / 张亚权 译

家事　　〔苏联〕高尔基 著 / 耿济之 译

我的童年　　〔苏联〕高尔基 著 / 姚蓬子 译

贵族之家　　〔俄国〕屠格涅夫 著 / 丽尼 译

毁灭　　〔苏联〕法捷耶夫 著 / 鲁迅 译

十月　　〔苏联〕A. 雅各武莱夫 著 / 鲁迅 译

安娜·卡列尼娜　　〔俄国〕列夫·托尔斯泰 著 / 周笕　罗稷南 译

克里·萨木金的一生　　〔苏联〕高尔基 著 / 罗稷南 译

对马　　〔苏联〕普里波伊 著 / 梅益 译

暴风雨所诞生的　　〔苏联〕奥斯特洛夫斯基 著 / 王语今　孙广英 译

猎人日记　　〔俄国〕屠格涅夫 著 / 耿济之 译

上尉的女儿　　〔俄国〕普希金 著 / 孙用 译

被侮辱与被损害的　　〔俄国〕陀思妥耶夫斯基 著 / 李霁野 译

复活　　〔俄国〕列夫·托尔斯泰 著 / 高植 译

幼年·少年·青年　　〔俄国〕列夫·托尔斯泰 著 / 高植 译

烟　　〔俄国〕屠格涅夫 著 / 陆蠡 译

母亲　　〔苏联〕高尔基 著 / 沈端先 译